冴えない
彼女《ヒロイン》の
育てかた
D1742586
Saenai
heroine no
sodate-kata.
Presented by Fumiaki Maruto
Illustration : Kurehito Misaki
丸戸史明＝著
深崎暮人＝イラスト

「何が萌えバトルアニメだあああああああああ〜〜〜!!!」
澤村・スペンサー・英梨々
【さわむら・すぺんさー・えりり】
Eriri Spencer Sawamura

ある春の日に、俺は、
運命と
出逢った……
加藤恵
【かとう・めぐみ】
Megumi Kato

「あれ？ ちょっと、萌える？」
安芸 倫也
【あき・ともや】
Tomoya Aki
「企画書、一通り目を通させてもらったわ」
霞ヶ丘 詩羽
【かすみがおか・うたは】
Utaha Kasumigaoka

冴えない彼女《ヒロイン》の育てかた

丸戸史明

ファンタジア文庫

1928

口絵・イラスト　深崎暮人

目次

プロローグ

「舞台《ぶたい》は東京から飛行機で一時間くらいの南の離《はな》れ小島でさ……」

放課後の教室は、斜《なな》めから差し込む夕陽《ゆうひ》で赤く寂《さび》しく輝《かがや》いている。

「で、その島の学園が過疎《かそ》化のせいで本土の名門女学校と統合されることになるんだけど……」

窓の外から、運動部の連中の無駄《むだ》に空元気な声が届く。

「そんなわけで、主人公は女装してその女学校に通うところからストーリーは始まるって感じで……」

その、僅《わず》かな音が聞こえるせいで余計に静かに思える空間に、俺の声が響《ひび》く。

「そんな主人公のもとに、月から王女様がホームステイでやってきて……」

俺の、熱を持った強い想《おも》いとともに、静かに拡散する。

「言い忘れたけど、この世界では『神界《しんかい》』と『魔界《まかい》』と『人間界』が共存してて……」

「ねぇ……」

「あと、技術も進歩してて、主人公の家にはメイドロボが三体もいるんだけど……」

「あのさ……」

「そんな中、主人公は自分の部活を守るために生徒会選挙に出ることを決意して……」

「ちょっと……」

「あ、ついでにヒロインには全員に一つずつ得意な武術があって……」

「いい加減黙《だま》れぇぇぇぇ～!!!」

「うわそんな大きな声出すなよ。周りに迷惑《めいわく》だろうが」

俺の、噛《か》んで含《ふく》めるような静かで重い言葉たちが、いきなりの理不尽《りふじん》で暴力的な大声によってかき消される。

「大音響《おんきょう》で意味不明な夢物語を三〇分以上ノンストップで教室中に響かせてた口が迷惑とかそゆこと言う⁉」

「そんなに経《た》ってたか……」

時計を見ると、確かにさっきと比べて短針が一五度くらい動いているような気がする。

あ、俺、物事を大局的に捉《とら》える人間だから長針の動きには興味ないんで。

「とにかくもう帰る。まるっきり、これ以上なく、完全無欠に無駄な時間だった……」

「いや、ちょっと待てよ、少し落ち着け。まだ話は……」

「いきなり何の前触《まえぶ》れもなく放課後に呼び出されたかと思ったら、こんな表紙だけの企画《きかく》書《しょ》見せられて、意味不明な演説聞かされて、ついでに理解不能なサークル勧誘《かんゆう》までされるなんて、そりゃブチ切れたくもなるわよ」

「いきなり何の前触れもなく放課後に呼び出したのにのこのこ顔出すくらいだから脈ありだと思ってたんだけどなぁ……」

「っ……色んな意味で後悔《こうかい》って言葉が頭の中を駆《か》け巡《めぐ》るから冷静にツッコむのやめて」

「そう?」

さっきから目の前でわめき散らしてた女が軽くうつむいて頭を押さえる。

と、そいつの表向きのトレードマークとも言える金色の髪《かみ》が、さらさらと軽く音を立てて肩《かた》からこぼれ落ちる。

その、初対面の男なら間違《まちが》いなく一瞬《いっしゅん》で目を奪《うば》われる、細工物のような金髪《きんぱつ》に白磁のような肌《はだ》。

英国人の父親と日本人の母親を持った日本育ちの同級生。

澤村《さわむら》・スペンサー・英梨《えり》々。

「大体あんたね、今迄《いままで》みたいに消費型オタでいるうちはまだ見逃《みのが》せてたけど、なんの取り柄《え》もないくせにいきなりゲーム作ろうとか世間なめてんの?」

いつもはお嬢様《じょうさま》のように可憐《かれん》な行動と言動がクラスはもとより学校中で評判の美少女だ

が、一皮むけばこんな獰猛《どうもう》かつ激情的かつマニアックな本性《ほんしょう》が眠《ねむ》っている。

「自分は何も出来ないくせに適当に人集めてゲーム作らせて一旗揚《あ》げようとか、そういうの同人ゴロって言うのよ。あんたの大嫌《だいきら》いな、ね」

「何を言うか！　俺にはこのたぎる情熱がある！　やる気も人一倍だ！　つまり俺なしにこの企画はあり得ないしゲームだって完成するはずがない！」

「そりゃ他に誰《だれ》も作る気ないし」

「あ、文字通り握《にぎ》り潰《つぶ》すな！　せっかく一晩かけて書き上げた企画書なのに……」

「名前と日付と同人ギャルゲー企画（仮）って書くのにどうして一晩かかるのよ」

「一一時間寝《ね》れば必然的に残った時間はわずかに決まってんだろ」

「もうどこから突《つ》っ込《こ》めばいいのよ……このっ、このぉっ！」

「あ、ああ……酷《ひど》い」

一年の時から展覧会に入賞している美術部のエース。

類《たぐ》い希《まれ》なる画才の持ち主。

そんな風にもてはやされているこの女の〝正体〟は、校内では俺を含めたごく一部の人間にしか知られていない。

まぁ、それを『俺だけに見せる彼女の別の顔』とか優越感《ゆうえつ》に浸《ひた》れるほどに俺は人間できてないけど。酷いよこの女。

「あんたみたいなのが今さら表舞台に立とうなんて一〇年早いのよ」

「今さらなのに早いのかよ。あと同人ギャルゲーって表舞台か？」

「っ……あんたなんか今まで通り美少女アニメ見て買って布教さえしてればいいのよ」

「お、お前それ以上言ったら『自治会の独断』BD《ブルーレイディスク》最終巻回さねえぞ？」

「そうやってラス前まで釣《つ》っといて最後にいきなり梯子《はしご》外したりするからあんたは最低だって言ってるのよ！」

「い、いや今のは単なる負け惜《お》しみ的な脅《おど》しだし今までやったことないだろ……」

そんなに楽しみにしてたんだあの作品……

そもそも〝梯子外す〟ってポピュラーな喩《たと》えかな？

「とにかく、これ以上の議論はしても無駄。あたしは自分のことだけで手一杯《ていっぱい》なの。とても素人《しろうと》のくだらないお遊びに付き合ってる暇《ひま》なんかないの」

「メインヒロインのキャラデザだけでいいんだよ……あと、ついでにほんのちょっとサブヒロインのデザインと全キャラの原画と……サービスで背景込みの塗《ぬ》りと……」

「二次曲線的に依頼《いらい》内容増やすな！　どこのゲスト原稿《げんこう》オンリー誌よ！」

「なんか以前にあったのか……？」

などと、とりつく島もない不毛な議論が巻き起こる教室に……

「落ち着きなさいよ二人とも」

「っ……」

「せ、先輩《せんぱい》……！」

いつからこの教室に二人きりだと錯覚《さっかく》していた……な感じの、少し低めの落ち着いた声が俺たち二人の耳を撫《な》でる。

そうだ、今回の企画に声を掛《か》けたのは英梨々だけじゃなかった。

こうやって離脱《りだつ》者が現れる危険を見越《みこ》して味方を増やしておいた俺の逆転勝利……

「まぁ今回のことは、残念ながら私も澤村さんの意見に賛成だけどね」

「せ、先輩ぃ〜」

と思いきや、一方的に有利な方に助け船を出すとか、判官贔屓《はんがんびいき》の日本人的気質はどこに行ってしまったんだろう……

「ねぇ、倫理《りんり》君」

「ともやです……」

ここで俺の名前が出たところでせっかくだから自己紹介《しょうかい》。

安芸《あき》倫也《ともや》。

豊ヶ崎《とよがさき》学園二年生。

あと、昨日からの追加プロフィールとして、同人ギャルゲー制作サークル（名称《めいしょう》未定）主宰《しゅさい》。

「あなたの企画書、一通り目を通させてもらったわ」

「そういう嫌味《いやみ》はいいですから。だからわざわざ広げなくていいですから」

先輩は、英梨々が丸めた紙くずを丁寧《ていねい》に広げてシワを伸《の》ばす。

広げた先には、やたらとフォントだけが大きくて文字数の極端《きょくたん》に少ないタイトルだけの企画書（表紙）が姿を現すことを知っていながら……

「言い方を変えると、あなたの頭の中身もさっきの三〇分でだいたい理解できたわ」

「すごいっすね、ぶっちゃけ俺にはサッパリですよ」

「ええ、何も考えてないけど行き当たりばったりでなんとかなるだろ～もう寝よ～という昨夜一〇時頃《ごろ》の布団《ふとん》の中でのあなたの思想が理解できたということよ」

「相変わらずきっついな～」

「ひらき直るその態度が気に入らないからよ」

会話の流れはあくまで冷静に、でも言葉は選ばず、結構のレベルを超《こ》えて毒舌。

艶《つや》のある長い黒髪《くろかみ》、ほとんど表情を変えないせいで客観的美女に固定されたその容姿。

俺や英梨々より一年年上の上級生。

霞ヶ丘詩羽《かすみがおかうたは》。

「とりあえず、口頭で補足したことを含めても、企画としては0点かしら」

「おおぅ」

「どこかで見たパーツの寄せ集めにしか見えないし」

「うぐぅ」

「多分、ここ最近プレイした作品をいくつか適当に繋《つな》げてるだけなんじゃない？」

「で、でも色んなジャンル適当に繋げたから結構アバンギャルドな内容になってる気が……」

「そうね、寄せ鍋《なべ》じゃなくて闇鍋《やみなべ》が出来上がるレベルにはね」

「ぬ、ぬふぅ」

「というか〝色んなジャンル適当に繋げた〟とか開き直るなと言ってるの」

結構のレベルを超えてというか、相当のレベルで毒舌。

激情型の英梨々と違って理性的（に聞こえる）な分だけ余計に刺《さ》さる。

「で、でも、この企画は俺にしか……」

「とある編集さんに聞いた話なんだけどね……『自分にしかできない』って言って持って

きた企画がマトモだったためしなんかないんだって」

「え……？」

「これは本当にあった話らしいんだけど……ある日、とあるゲーム会社に持ち込みの企画書が届いたの。本人の触《ふ》れ込みによると『今までにない新機軸《しんきじく》』とか『これぞ真にユーザーが待ち望んでいた作品』とか『この企画を実現できるのは業界広しと言えども自分だけ』とか、とにかく自画自賛の羅列《られつ》でね」

「へ、へぇぇぇぇ～」

やばい、さっき全部言った気がする。

「で、蓋《ふた》を開けてみると『朝起こしに来る世話焼き幼なじみ』がいて、『さっぱり系ショートカットスポーツ少女』がいて、『大人しいけど主人公にべったりな妹』がいて、『霊的《れいてき》存在の謎《なぞ》の少女』がいて、『面白《おもしろ》い掛け合い』があって、『付き合ってからのイチャラブ描写《びようしや》』があって、『終盤《しゆうばん》の急展開と奇跡《きせき》による救済』があって……」

「ああ、いいから、もういいから！」

すげぇ、その説明だけで瞬時に五つ以上のタイトルが浮《う》かんだ。なんという新機軸。

「まぁ、そういうことね」

俺の三〇分をたった三〇秒で完膚無《かんぷな》きまでに叩《たた》きのめすと、詩羽先輩はうなだれる俺の肩にぽんと手を置く。

「倫理君の本気のオタク活動も久しぶりだし、協力してあげたい気持ちもなきにしもあらずとはとても言えないような気がしなくもないわけじゃないんだけど」

「冷静にカウントすると協力したくないと言ってますよね。あと倫也」

一年の時から学年一位を外したことのない学園きっての秀才《しゅうさい》。

気まぐれで演劇部の脚本《きゃくほん》も書いたりする類い希なる文才の持ち主。

そんな風に畏怖《いふ》されているこの女性の〝正体〟は、やっぱり校内では俺を含《ふく》めたごく一部の人間にしか知られていない。

まぁ、それを……いや、酷いんだこのひとも。

「ちょっとぉ……勝手に二人の世界に入ってるんじゃないわよ！」

「お前の周りの世界ってのはいつもこんなに俺に厳しいのかよ⁉」

と、横合いから金色の揺《ゆ》れる尻尾《しっぽ》とともに、英梨々の鋭《するど》い舌鋒《ぜっぽう》が再び突き刺さる。

「あら、まだいたの澤村さん？　とっくに彼のこと見捨てて帰ったかと思ったのに」

「なっ……」

と、どんな本能か知らないけど、詩羽先輩の過剰《かじょう》防衛が冴《さ》えまくる。

「あなたって本当、何だかんだ言って優《やさ》しいのね。そういうところ嫌《きら》いじゃないわよ」

「あたしはあなたのそういうところが嫌いなんですけど」

「そもそも、先に二人の世界に入ったのはどっちだったかしら」

「そうよ、先に不参加を表明したのはこっちなのに、人の尻馬《しりうま》に乗って叩くのやめてくれない？」

「ほんっと、見境ないわね澤村さんって」

「はぁ？　言ってる意味わかんない！」

「ちょっとぉ……勝手に二人の世界に入ってんじゃねえよぅ」

いつも思うんだけど、この二人、仲が良すぎる。

もちろん、ある意味で。

「だいたい、なんでよりにもよって、あの霞ヶ丘詩羽がここにいるのよ」

「そもそも私だってここの生徒なんだからいてもおかしくないでしょ？」

「そういう意味で言ってるんじゃないってわかってるくせに」

「そんなに二人きりがよかったの？　なんか変な妄想《もうそう》してた？」

「言っとくけどそんなくだらない心理戦に乗ったりしないからあたし」

「全身突っ張らせておいてその台詞《せりふ》はカッコ悪いわよ澤村さん」

「いつも全力で生きてるだけよ！」

「だからそうやって扉《とびら》を壊《こわ》さないの」

「壊れてない！　ちょっと大きな音しただけじゃない！」

「お、おい待てよ！　ちょっと待ってくれ〜！」

そんな俺の断末魔《だんまつま》の叫《さけ》びは、それを凌駕《りょうが》する怒鳴《どな》り声と破壊《はかい》音にかき消された。

あいつら、俺のことを議論しつつ俺を無視して出て行ってしまった。

なんて本末転倒《てんとう》な……

「あ、あ……はぁぁぁ〜」

残された俺は、今度こそ盛大《せいだい》にため息をつく。

何しろこれにて、メインヒロインの会話サンプルと、ついでにほんのちょっとのサブヒロインのプロットと全キャラのシナリオと……サービスで演出込みのスクリプトを頼《たの》むつもりだった俺の野望はあえなく潰《つい》えたのだから。

物理的に残ったのは、机の上にしわくちゃで広げられたＡ４サイズの紙一枚と俺の身一つ。

一時間前の企画《きかく》も気合も希望もあっさり叩き潰《つぶ》され、精神的に残ったのは没案と虚脱《きょだつ》と絶望のみ。

どう考えても、もはやこれまでとしか言いようのない状況《じょうきょう》。

だからもう、諦《あきら》めてしまえばいい。勇気ある撤退《てったい》を決断すればいい。

もともと、単なる思いつきから始まった計画だ。

そこに人生や生死を懸《か》けた戦いなんてものは存在しない。

だから、ただ一言、しょうがねぇなぁって。

けれど……

「俺の戦いは、まだ始まったばかりだ……」

人間、絶望的な状況に追い込まれたときほど燃えるものだろ。

……キャラクターを絶望的な状況に追い込んで萌《も》えるのはドS作家だけだけど、それはまた別の話。

新機軸を目指した企画がこけて、人は集まらず、サークル結成はいきなり暗礁《あんしょう》に乗り上げた。

今のこの状況に新しい要素なんかどこにもない。

言ってしまえば、この状況こそが王道以外の何物でもない。

ありきたりだけど、崩壊《ほうかい》からの、復活の物語。

そう、古い物語をひもとくだけで瞬時に五つ以上のタイトルが浮かぶほどありきたりで。

けれど、その五つ以上のタイトルは今でも正しく内容を思い出せるほどの名作で。

だから何度繰《く》り返しても、どれだけ使い古しても、いいものはいいもので。

「よしっ！」

拳《こぶし》に力を込《こ》めて、もう一度、昨夜の寝《ね》る前の気合を取り戻《もど》す。

そして俺は、明日からの一人きりの戦いに思いを馳《は》せて……

「残念だったね、みんな協力してくれなくて」

「……ああ、いたんだっけ」

「えっと、そもそもわたしをヒロインにしたゲームを作るんじゃなかったっけ？」

「悪い悪い、今まで忘れてた」

「うんわかる。本気で忘れてたよね安芸くん」

ついでに悪い、ちょっとだけ訂正《ていせい》。

俺〝たち〟の戦いは、まだ始まったばかり、だった……

「いや、だって加藤《かとう》、あいつらの前で全然存在アピールしないし」

「だってオーラが違うんだもん。二人とも学校中の超《ちょう》有名人だし」

「まぁ、それはそうだけど」

「そういえばあの二人、わたしの名前もまるっきり聞かなかったね」

「いやまぁ、最初にちらっと一瞥《いちべつ》はくれたぞ？　それだけだったけど……」

「でも安芸くんってすごいよね、よりにもよってあの澤村さんや霞ヶ丘先輩《せんぱい》と知り合いなんて。しかも結構親しげだったし」

「…………」

今まで忘れ去られていたことにもさほど文句を言わず、まるっきり普通《ふつう》なしゃべりでありきたりな会話を紡《つむ》ぎ出す。

ビジュアル的には……まぁ、見た通り。

一年以上、一緒《いっしょ》の学校に通っていたはずなのに、つい一月《ひとつき》前までまるっきり印象に残っていなかった同級生。

加藤恵《めぐみ》。

……うん、印象薄《うす》かったの、名前のせいって可能性もあるよな、うん。

「さて、話も終わったしそろそろ帰ろっか？　ちょっと寄りたいところあるし」

「……あっさりしてんな、加藤は」

「普通だと思うけど？」

「普通じゃ駄目《だめ》だろ。お前メインヒロインになるんだぞ？　ギャルゲーの」

「そうそう、ゲームでは名前変えた方がいいよね？　加藤恵って結構ありきたりだし」

「自分で認めるなよ……」

名作と呼ばれる物語のセオリーをもう一つ思い出した。

それは、どの作品も、今でもすぐ名前とビジュアルが思い出せるほど個性的で魅力《みりょく》的なヒロインが存在するということ。

物語は、キャラクターが立っていれば九割方は勝ったも同然と言われることがある。

それってつまり、キャラクターが致命《ちめい》的に立っていなかった場合は……

「閉めるよ？　鍵《かぎ》」

「……ああ」

いや、だから、戦いはまだ始まったばかりだし！

そう改めて決心すると、また拳に力を込める。

さっきほどの握力《あくりょく》を感じないのは多分気のせいに違《ちが》いない。

何しろこれは俺の……いや、俺こと安芸倫也と加藤恵の、戦いの日々を綴《つづ》った物語。

この友人Aな同級生をメインヒロインに据《す》えた物語を作り上げるという戦いの……

「よいしょっと……ん～、こんな感じでいいかなぁ」

「どした加藤？」

「あ、うん、扉がちょっと壊れちゃってるみたい。直しとかないと」

「……お前もいつか壊す方に回ろうな。その方がキャラが立つ」

第一章　フラグってさ、気づいてあげないと折れてしまうんだ

「おはよ、山口《やまぐち》のおじさん」

「お、今度は新聞配達か。倫《とも》君精が出るな」

「来月に『皇国のゴライオン』のBDボックスが出るからね！　ねん○ろいどは初回版にしか付かないからこっちも死にもの狂《ぐる》いよ！」

「……相変わらず爽《さわ》やかに濃《こ》いこと言うなおい。何のことやらさっぱりわかんねえよ」

「んじゃ今度布教に行くからプレイヤーだけ用意しといてよ、じゃあね〜！」

近所のお馴染《なじ》みさんと軽い朝の挨拶《あいさつ》を交《か》わすと、一気にペダルを踏《ふ》み込む。

で、そのまま道なりに左に曲がりながらしばらく加速すると、視界が上下左右一気に開ける急勾配《きゅうこうばい》の下りにさしかかる。

通称《つうしょう》、探偵《たんてい》坂。

行きはオアシスへ、帰りは砂漠《さばく》へと誘《いざな》う三〇〇メートルもの心臓破りの坂だ。

なお命名理由は坂の途中《とちゅう》にある『坂下《さかした》興信所』と書かれた古ぼけた看板に寄せられた小学生の好奇《こうき》心《しん》だったり。

「うおおおお……」

坂の入り口にさしかかった途端《とたん》、背中からの強い風がさらに俺と自転車を押す。

春休みも真ん中を過ぎ、明日から四月という朝の空気はもう冷たくない。

ひらひらと舞《ま》う道沿いの桜並木の花びらが、余計に暖かさを感じさせる。

そんな快適な風に背中を押され、いきなり斜度《しゃど》のきつくなった下り坂を急加速……

「おおおおお……っとぉ！」

……しかかったところで、今度は全力で両手のレバーを握《にぎ》って急減速。

「歩行者よし、車よし、速度よし……全部よし！」

一時停止と指差呼称《こしょう》。

改めて、車道の脇《わき》をゆっくり下りていく。

なにしろ去年あたりから、冗談《じょうだん》みたいに自転車への風当たりが強い。

今となっては、もうガキの頃《ころ》みたいに車と競争したりとか、マシンを倒《たお》しながら全速力で角を回ったりとか、そんなスリルとスピードだらけの快感は街中じゃ手に入らない。

けど……

「規則は規則だからな、うん」

そういうのを『住みにくい世の中になった』とかおっさんくさく愚痴《ぐち》る気も別にない。

自分はこけてもすっ飛んでも平気だけど、偶然《ぐうぜん》そこに居合わせた人が平気かどうかなんてわからない。

まぁ、そんくらいには大人の階段上ったたってことで。

それに、桜の花びらが舞うのと同じ遅《おそ》さで走るのも、この季節の楽しみ方にぴったり合ってていい感じだ。

「うおぉ、ひらひらでポカポカで、あったけぇ……」

ブレーキを握る両手以外の力をゆるめて、ぼーっと空を見上げる。

もうすっかり春めいた空は、明るい青に薄《うす》い雲の白がたなびき、そこに花びらのピンクが散らされて。

あとは、冬よりも少し力強くなった太陽、夜明けまでに沈《しず》みきれず縮んだ月。

それと、その太陽や月よりも大きく、近く、速く視界を通り過ぎていく、まん丸い未確《みかく》認《にん》飛行物体。

「……はい？」

太陽や月よりも大きく、近く、速く視界を通り過ぎていく、まん丸い未確認飛行物体

……

「ま、まさか！　あれはUふぉ……お」

と、疑念の声を上げるよりも早く、その未確認飛行物体は俺の目の前にぽてっと着地すると、そのまま坂道をころころと転がり落ちていった。

もうちょっと滞空《たいくう》時間が長い方が風情《ふぜい》があってよかったんだけどな。

「帽子《ぼうし》かぁ……」

確認済走行物体はどうやら真っ赤な麦《むぎ》わら帽子ではなく白いベレー帽のようだった。

なるほど、未確認飛行物体としては風を受ける面積と強度が足りなかったから遠くまで飛ばなかったんだな。

いや、色は関係ないけど。

と、我ながらかなりどうでもいい感慨《かんがい》にふけっていると……

「あ、あああああ～！　お願い、ちょっと待ってええええ～！」

いつの間にか強くなっていた風に乗って、声が届く。

「え……っ」

その瞬間《しゅんかん》、俺の体は勝手に反応した。

両手が、筋肉が盛り上がるほどブレーキを思い切り握り、首が、筋が違《ちが》えるくらい思い切り後ろを向く。

多分それは、坂の上から届いた、綺麗《きれい》で透《す》き通って、それでいて強く通る声の主をこの目で確かめるため……

「わたしの帽子〜〜〜!!!」

「あ……」

振《ふ》り返った坂の上。

そこに立ち尽《つ》くしたまま途方《とほう》に暮れる、俺と同じくらいの年の、一人の女の子。

そして俺の目にまぶしく飛び込む、白いワンピース、白い脚《あし》、白い……

いや、色は関係ないけど、多分。

まるで止まる気配もなく坂を器用に転げ落ちる帽子に右手を伸《の》ばし、風にたなびく髪《かみ》を左手で押さえ、つまりスカートを押さえる手が足らず。

……まぁだからそれはともかく、あの帽子の持ち主がそこにいた。

「行っちゃった……あ」

「あ……」

そして彼女が遠くの帽子から視線を近くに戻《もど》したとき、必然的にその線上にいた俺と目が合うことになり。

相変わらず困ったような表情で、今度は俺と帽子を交互《こうご》に見つめることになる。

「ちょっと待ってろ！」

「えっ……？」

その子の視線が何を語っていたかは、俺にはわからなかった。

けれどまぁ、今はこの急展開の流れ……ビッグウェーブに乗るしかない。

「うおおおおっ！」

だから俺は、下り坂に向かって自転車のペダルに思いっきり力を入れ……

「おおおぉぉぉぉぉ……っとぉ、よいしょっと」

そして考え直して、自転車を下りると丁寧《ていねい》にスタンドを立て……

「改めてうおおおおおぉぉぉぉぉ～っ！」

二本の足で全力で駆《か》け下りた。

こうするとスピードも格好良さも落ちるけど仕方ない。

これこそが、この国の交通教則にのっとったまっとうな追いかけ方だ。

全力疾走《しっそう》だから危険だけど、徒歩なら多分違《い》反扱《はんあつか》いにはならない。

交通弱者万歳《ばんざい》。

※　※　※

その夜……

二四時を過ぎて、いつも通りアニメ録画用HDDレコーダー二台の駆動《くどう》音がうなりを上げる中、その機器の廃熱《はいねつ》にも負けないくらいに熱くキーボードを叩《たた》く音が部屋中に響《ひび》き渡《わた》っていた。

タイトル：

未定

作品コンセプト：

出逢《であ》いと、想《おも》いと、イチャラブの物語

「……最後の『イチャラブ』がバランス悪いかな？」

今朝の、あの『運命』の出逢いにあてられたから。

現実にも負けない物語性が、俺の創作意欲に火をつけたから。

……熱さが全身から溢《あふ》れ出して、テキストに起こさずにいられなかったから。

「いや、イチャラブ描写《びょうしゃ》を売りにしなくて、なんのためのギャルゲーだよ」

結局、あの帽子は大通りに転げ落ちる十数メートル手前でなんとか救出できた。

坂から半分くらい駆け下りていた彼女は、こっちが『もういいって』とさえぎるくらいに感謝して、何度も頭を下げた。
すりむいた肘《ひじ》の痛みがちょっとだけ誇《ほこ》らしく感じた。

プロローグ：
ある春の日に、俺は、運命と出逢った……
穏《おだ》やかな陽射《ひざ》しが降り注ぎ、暖かな風が通り抜《ぬ》け、桜の花びらが舞う長い坂。
そして、そのてっぺんに佇《たたず》む一人の女の子。
名前も知らない、会ったこともない女の子。
新たな予感に胸を躍《おど》らせる、そんな瞬間……
俺はその時、二度目の恋《こい》をした。
そう、また恋をしてしまった。
人を好きになることは、やめられなかった。
たとえ自分が傷つこうとも。たとえ相手を傷つけてでも。
たとえ二人の想いが叶《かな》わなくとも……
そうして新学期は、何かが起こりそうな予感とともに始まっていく。

「……ちょっと痛すぎる、か？」

それからしばらく、坂の途中《とちゅう》に止めてあった自転車まで二人で並んで歩いた。

けれどその後、俺は自転車に乗って坂を下り、彼女はそのまま坂を上がってもとの行き先に戻った。

その間、ろくに話もしなかった。

お互《たが》いに名前も名乗らなかったし、何の約束もしなかった。

「いや、痛いくらいの方がツカミとしてはいいよな。勘違《かんちが》い上等！」

でも、それでいい。

いいや、それがいいんだ。

何しろ、こういった物語は、一度切れてしまったかもしれない縁《えん》がひょっとしたことで再び繋《つな》がるそのドラマ性があってこそ輝《かがや》くんだから。

それこそ、新学期から転校生として自分のクラスに入ってくるとか。

あるいはお互いの父親が敵同士で、愛憎《あいぞう》の波に翻弄《ほんろう》されていくことになるとか。

さらに、実は母親が同じ異父兄妹《きょうだい》だったという衝撃《しょうげき》の事実が判明して泥沼《どろぬま》化……

……たった数秒でイチャラブとは別次元に行っちゃってるのはさておき、まぁそういうことだ。

本作のアピールポイント……

初々《ういうい》しくて、もどかしくて、こっ恥《ぱ》ずかしくて身もだえる。

そんな青春の日々を綴《つづ》った純愛アドベンチャーノベル。

「……今度は痛いを通り越《こ》しておっさんくさいなおい！」

それにしても、この異常なまでのモチベーションはかつてなかったことだ。

まるで、今まで眠《ねむ》っていた熱さが一気に噴《ふ》き出してきたような。

こんなにも自分の気持ちが燃え上がるのはいつ以来だろう？

多分、ああ、『恋するメトロノーム』に寝食《しんしょく》を忘れてドハマリした時だから……

「いくらなんでも『青春』はないな。ネタゲーじゃないんだから」

……たった一年前か。

本作のアピールポイント……

初々しくて、もどかしくて、こっ恥ずかしくて身もだえる。

そんな日常の日々を綴った純愛アドベンチャーノベル。
※）追記。ここは見直し予定。

「日常の日々って……日常がかぶってるだろおい」

そんな感じで、俺のゲーム企画《きかく》作りは、ＨＤＤレコーダーが全《すべ》ての番組の録画を終える深夜まで続いた。

……次の日の朝刊は、三〇分遅《おく》れで各家庭に届けられることとなった。


四月に入って最初の日。

そして、プロット作成二日目。

キャラクター設定：
ヒロインＡ（名前未定）
メインヒロイン。桜の舞《ま》う坂道で出逢った少女。

「……せっかくだから、桜をもうちょっと設定に活《い》かしてみるのもアリだよな」

飽《あ》きもせずに企画書と格闘《かくとう》して、物語のヒロインを作りつつも、俺は今日も、リアルで出逢ったあの子のことを思い出す。

今書いてるプロットのキャラ設定と同じで、名前も知らない、会ったこともない彼女のことを。

生まれてからずっとこの街に住んでる俺が、今まで見たこともないんだから、多分最近越してきたか、それともたまたま通りがかっただけのどちらかだろう。

白いワンピースに白いベレー帽《ぼう》。

そして、風に揺《ゆ》れる髪を手で押さえながらのその表情……

実は、顔はあんまり覚えてなかったり。

どうやら、あまりにも出逢いのシチュエーションが強烈《きょうれつ》すぎたせいで、肝心《かんじん》の顔までハッキリ見ていなかったらしい。

白は覚えてるんだけど……

いや、だから色は関係ないんだけど。

じゃなくてワンピースの白色のことなんだけど。

キャラクター設定：
ヒロインA（名前未定）
メインヒロイン。桜の舞う坂道で出逢った少女。
坂道の頂上に一本だけ咲《さ》く大きな桜の古木。
その大木にかけられた呪《のろ》いに縛《しば》られ、桜の精として永遠の時を生きている。
主人公が幼い頃《ころ》、彼女と交《か》わした約束……
その約束が守られ、彼女の願《ねが》いが叶うとき、呪いは解除される。
その時、彼女の存在は、皆《みな》の記憶《きおく》から消えてしまう。

「……なんか音楽用語的に最初に戻っている《ダ・カーポ》のは気のせいか？」

そんな感じで、今日は何度も思考の迷路《めいろ》に迷い込み、企画の方は全然進まなかった。

明日から取り返さないとな。


月が変わって二日目の夜。

そろそろ新学期の足音が聞こえてきそうな頃。

ストーリー概要《がいよう》：

未定

「やっべ、どのサイトもエイプリルフールネタ終わってる。地道にまとめサイト漁《あさ》るしかないなこりゃ」

今日は二行も進んだ。

四月三日。

「春アニメは今日からか……一話はとりあえず全タイトルリアルタイム視聴《しちょう》だな」

三作チェックしたけど、とりあえず最後のやつはもう切ろうと心に決めた。

四月四日。

「明日から新学期か……結局、今年の春休みも何もなかったな」

まぁ、現実なんてこんなもんだ。

※　※　※

「なぁ倫也《ともや》、お前、『琥珀《こはく》色コンチェルト』持ってるよな？」

「『琥珀色コンチェルト』……だと？」

クラスメイトの上郷喜彦《かみさとよしひこ》が話しかけてきたのは、授業も終わり、さて帰るかとロッカーを開けようとした午後三時半くらいのことだった。

「ああ、今年出たギャルゲーの中じゃかなりの良作って言われてるし、しかもエロゲー原作だし、お前なら絶対チェックしてると思ってさ」

「……だったらどうした？」

「貸してくれよ。どうせとっくにクリアしてんだろ？」

しかも、昨夜録画したアニメの消化のために帰路を急いでいた俺をわざわざ足止めしておいてのその言い分は、あまりにもあんまりだった。

どうやらこいつの認識《にんしき》だと、俺は良作と評判のエロゲーからの移植ギャルゲーだったら全部、しかも発売と同時に買う人間だということになっているらしい。

「知らねえよ。そんなの自分で買えよ」

「俺、倫也と違って金ねーもん」

いや、そりゃ買ったけどさ。

発売日当日の朝一〇時にさ。

初回限定版原画集&サントラ五枚組付き九八〇〇円総重量一・八キログラムをさ。

店舗《てんぽ》特典が全店出揃《でそろ》ったその日に悩《なや》みに悩んで選んだ店で速攻《そっこう》予約してさ。

ついでに言えばクリアまでに四回泣いたさ。

「あのな、俺が金持ってんのはゲームやアニメを買うために一生懸命《けんめい》バイトしてるからであって、その目的と手段を取り違えたような言い方をするのはやめてくれ」

何しろウチは親父《おやじ》が中小企業《きぎょう》のサラリーマンで、家のローンだって余裕《よゆう》で俺の代まで残ってる単なる中流家庭だ。

両親ともども海外出張中で、だだっ広い家に一人暮らしでしかも金に困ってないギャルゲー主人公とは訳が違う。

「なんだよ、倫也なら買ってるって思ったのになぁ」

「だいたい買ったって貸し借りは御法度《ごはっと》だ。せめて俺の家でプレイするとか言え」

「やだよお前いちいち解説うぜぇんだもん」

「それが場所とソフトを提供する側の権利だろ。同じ作品について語る相手がいることのなんと幸せなことか……」

「お前、この前俺がクリアする前にネタバレしたじゃん」

「……あのときのことはマジ悪かった。忘れてくれ」

喜彦の言葉は、俺の気づかなかった偽善《ぎぜん》を鋭《するど》くえぐり出した。

人間、気がつかないうちに他人を深く傷つけていることってあるんだな。

ネタバレはオタクとして最低な行為《こうい》だ……それこそコピーとか割れとかにだって負けないほどの。

「それはともかく他を当たってくれ。本当に持ってないんだよ」

「マジかよ～、秋葉も壊滅《かいめつ》しちまってるし、ネットも軒並《のきな》み万超えだし、欲《ほ》しくても手に入らないんだよな」

「だからいつも予約しろって口を酸《す》っぱくして言ってるだろ。メーカーだって予約が集まらなきゃショップから発注が来ないんだから、いくら後で手に入らないとか文句言ったところでそんなのは自業自得《じごう》としか言いようがないだろ」

「なんでそんなメーカーの回し者みたいな言い方なんだよお前は」

まぁ、本当のところ言い出すのが一日早かったら回せたんだけどな。

……その場合は俺が後でどんな罵詈《ばり》雑言《ぞうごん》を食らうかわかったもんじゃないけど。

「まぁ、そんな訳だからもう帰れ。また明日な」

「お前も帰るだろ？　駅まで一緒《いっしょ》に行こうぜ？」

「あ、いや……それはちょっと」

「あ、そうだ、せっかくだし今からショップ巡《めぐ》り手伝ってくれね？　お前品薄《しなうす》モノ探すの得意だろ？」

「おう任せとけ！　……あ」

「よし決まりな。んじゃ倫也もさっさと帰り支度《じたく》しろよ」

ついつい『待ってました』的な誘《さそ》いがあったからホイホイ受けてしまったが……

よく考えたら今の俺は、こいつを自分のロッカーから遠ざけようと策を弄《ろう》してたはずじゃなかったか。

「な、なぁ喜彦、やっぱ俺」

何しろ、今、俺のロッカーの中には……

「何モタモタしてんだよ、もう、しょうがないなぁ倫也は」

「あああああ〜〜〜‼」

「ほらカバン。どうせ教科書とか持って帰らないだろ？」

「〜〜〜っだな〜！　んじゃさっさと行こうぜ！」

「……なんでそんな大げさなリアクションなんだよ」

「早く早く！」

と、カバン以外に何も入ってなかったロッカーを勢いよく閉めて、喜彦の背中をゴリゴリ押して廊下《ろうか》を駆《か》け出……そうとして校則を思い出し歩き出す。

今朝、ロッカーの中にしまっておいた『琥珀色コンチェルト』初回版一・八キロが綺麗《きれい》さっぱり消えていたことに安堵《あんど》しつつ。

「あ、それはそうとな、喜彦」

「なんだよ」

「世話焼きで腐《くさ》れ縁《えん》のカノジョみたいな言い方はやめろ。殴《なぐ》りたくなるだろ」

「蹴《け》ってから言うなよ」

だってムカついたんだもんしょうがない。

私立豊ヶ崎学園。

風光明媚でもない、都心という程でもない。

中高一貫でもない、大学付属でもない、よって学園都市でもない。

生徒会が牛耳《ぎゅうじ》ってたりしない、風紀委員が武器とか持ってたりしない、理事長と学園長が政治的に対立してたりも全然ない。

そんな都ない……都内に位置する創立一〇年に満たない、そこそこ新しめの高校。

そこが、あまり舞台設定に力を入れていないギャルゲーや美少女アニメ的にありがちな俺たちの学舎《まなびや》。

「だいたいお前はいつも大型量販店しか探さないからダメなんだ」

「なんでだよ？　たくさん売ってるし値引きだってデカいだろ？」

いや、本当に全然どうでもいいんだけど。力入れて説明すべき話じゃないし。

「どこの店でも溢《あふ》れてる定番商品ならそういうところでもいいさ。けど今お前が探してるのは、一度市場から姿を消した話題のレア物だろ？」

「だからなんだってんだよ？」

「そういう、難民を大量に生み出したタイトルは、しばらくは再入荷《にゅうか》しても瞬殺《しゅんさつ》だ。特に狙《ねら》われるのは、お前みたいなにわかが殺到《さっとう》するその手の大型店だな」

「ヨド〇シでゲーム買うだけでにわか扱《あつか》いかよ……」

誰《だれ》も店名は言ってないのに。これだからにわかは。

「狙い目は量販店じゃない。だからってゲーム専門店ってのも安易すぎる」

「じゃあ、どうすりゃいいんだよ」

「探すべきは、明らかにメインの商品は別にあって、ゲームはついでって感じで売ってるような店だ」

「メインの商品って？」

「よくあるのはアダルトＤＶＤだな。狭《せま》い六階建てくらいのビルのほとんどがアダルト商品で、一フロアの片隅《かたすみ》にだけ一般《いっぱん》ゲームがさらっと置いてあるような……」

「ああ、ラ○タ○」

だから店名は以下略……などと廊下で無駄《むだ》に熱く盛り上がっていると、横合いから涼《すず》やかな挨拶《あいさつ》の声が俺たちの耳を心地《ここち》よく撫《な》でる。

「あ、オタっ君たち、バイバイ」

「おう、また明日《あした》な」

「ちょっと待てなんだよその呼び方⁉」

「あはは、じゃあね～」

冷静に聞くとアレな呼称《こしょう》はともかく、声も態度も普通《ふつう》に好意的な女子クラスメイトその一は、喜彦のツッコミにも爽《さわ》やかな笑顔《えがお》で応《こた》え、それ以上の関《かか》わり合いを求めるそぶりも全然なさそうにとっとと去っていった。

「ったく、二年になって倫也と同じクラスになったせいで俺までキモオタ扱いだ」

「声を掛《か》けられるだけでも恵《めぐ》まれてると思えよ。普通なら俺たちオタクなんて迫害《はくがい》と無視の対象でしかないんだぞ？」

「いつの時代の話だよ……」

「七年前だろ」

「なんでそんな具体的に指定すんだよ。そもそも俺は、倫也みたいに救済も社会復帰もあり得ないディープなオタじゃないぞ」

「深かろうが浅かろうが非オタから見れば立派なオタだ。しかもディープオタから見たらライトオタなんて侮蔑《ぶべつ》の対象でしかない。でも安心しろ喜彦。そんな実りも潤《うるお》いもない無味乾燥《かんそう》な人生を歩んでいるお前でも、俺だけは見捨てないから」

「……なんで俺、お前にこっちの道に引きずり込まれた挙句にお前と友達でいられてるんだろうな」

そんな俺の熱い友情宣言に感激するでもなく、喜彦はなんか釈然《しゃくぜん》としない様子で首を傾《かし》げるばかりだった。

これだからにわかは。いや、にわか関係ないけど。

「だいたいお前ら食いつくのが遅《おそ》すぎんだよ。原作エロゲーが発売から二年経《た》った今でもコミケブースでの抱《だ》き枕販売《まくらはんばい》は毎回長蛇《ちょうだ》の列で始発組でさえ買えない上に、オフィシャル通販の受付も五分も保《も》たなかったっていう驚異《きょうい》の人気タイトルなんだぞ？」

「なぁ倫也、俺たち未成年だよな？」

「安心しろ。俺は決して一八禁コンテンツに足を踏《ふ》み入れたりはしてない。今のは全部一般向けにリリースされている情報だ」

そう、俺はショップの最上階や地下にある一八禁ののれんをくぐったことはない。

だから当然、『琥珀色コンチェルト』の原作どころかエロゲーというジャンルに属するゲームをプレイしたことも一度もない。

「相変わらず意味のないところで潔癖《けっぺき》だな」

「意味がないことなんかないぞ。いずれ一八になった時にお世話になるんだ。それまではきちんとルールを守って相手に迷惑《めいわく》をかけないのがお互《たが》いのためだろ」

「倫也の倫はソフ倫の倫……」

「その二つ名で俺を呼ぶな、蹴りたくなるだろ」

「背中はやめて背中は」

などと俺たちが下駄箱《げたばこ》で薄っぺらな友情を深めていると、またしても横合いから今度は暑苦しい声が俺たちの耳にやかましく突《つ》き刺《さ》さる。

「お～倫也組、今帰りか」

「ああ、お疲《つか》れ」

「五分前に言ったことをもう一度繰《く》り返させないでくれ。なんだよそのくくり方！」

「いつもいつも楽しそうだなお前ら……んじゃな」

「そっちも部活頑張《がんば》れや、じゃな」

ラグビー部の薄《うす》汚《よご》れたでかいジャージと、それをピチピチで着こなすガタイのいい男子クラスメイトその二は、喜彦の、単発では意味のわからないツッコミシリーズを野太い声で受け流すと、スパイクの音を響《ひび》かせながら校庭に去っていった。

「ったく、同じオタク呼ばわりはともかく、なんで俺が倫也の添《そ》え物みたいな扱いにされるんだよ」

「そりゃ、図《はか》らずもお前が自分で言った通り、俺みたいにディープじゃないからだろ」

「そもそもオタクのステージで格付けがなされるってのが納得《なっとく》いかねぇ」

「だって俺たち、他のことは成績も運動も優劣《ゆうれつ》付けがたいくらいに平均だろ？　そしたら後はオタク度と容姿の差だけになっちまう。でも安心しろ喜彦……」

「そこでさり気なく変な見栄《みえ》を付け加えるな。顔だって似たようなレベルだ」

そんな俺の熱い友情宣言……は、今度はあっさりさえぎられた。

「それに今度のコンシューマー版は、エロ抜《ぬ》きだけの単なるベタ移植じゃないって発表されてただろ。原作版では攻略《こうりゃく》不可で暴動まで起きかけたという伝説の妹の正規ヒロイン昇《しょう》格《かく》。どんだけ最強の布《ふ》陣《じん》だよ……負ける要素が見当たらないぞ」

「すっげぇ負けフラグっぽい言い方……はともかく、倫也って妹属性だっけ?」

「何言ってんだ、妹も姉も幼なじみも先輩《せんぱい》も後輩も活発系も無口系も不思議系も暴力系も、みんな等しく最高に決まってんだろ」

「お、おう……」

「けどたった一つだけ……攻略できないヒロインは好きにならないことに決めてるんだ。だってさ、どれだけ相手のことを好きになったとしても、その想《おも》いが絶対に届かない恋《こい》なんて辛《つら》すぎるだろ?」

「……お前の今の発言を聞かされた俺の方がもっと辛いけどな」

「それが、とうとう、今度こそ……っ!」

俺がギャルゲー……特にエロゲーからの移植タイトルを深く愛する大きな理由が、この追加要素にあるといっても過言じゃない。

ユーザーに何度も金を払《はら》わせる阿漕《あこぎ》な手段とか色々言われるけど、魅力《みりょく》的な非攻略ヒロインが攻略できるようになって損をする人はいないだろ常識的に考えて。

無理矢理シナリオを追加したせいで物語の整合性が壊《こわ》れるとか変にこだわって移植に関わらない原作者がいるらしいが、俺は間違《まちが》ってると思うんだ……

「ああ、六花《りっか》たんシナリオをプレイしてた時のことを思い出しただけでニヤニヤできるわ俺」

「そのお前の表情を見ただけでげっそりできるけどな俺は」

などと俺たちが校門で深遠たるギャルゲー論に興じていると、またしても……

「あ、いたいた安芸《あき》くん」

「だからいい加減俺たちをセットで呼ぶのはやめろって言ってるだろ！」

「え、えっと……」

「いや、今は完全にお前無視されてたぞ？」

〝たち〟も〝組〟もつけずに俺を呼んだ女子クラスメイトその二は、喜彦の理不尽《りふじん》な怒りにちょっと戸惑《とまど》いつつも、まっすぐ俺の方だけを向いていた。

「蓮見《はすみ》先生が安芸くんのこと探してたよ。すぐに職員室に来て欲しいんだって」

単にクラス担任の用事を言付けるためだけに。

「佳乃《かの》ちゃんが？　なんで？」

「教材を視聴覚室《しちょうかく》に運んで欲しいんだって。明日の授業で使うからって」

「げ……それで俺？　クラス委員でもなんでもないのに？」

「そりゃお前、よくあそこで勝手にアニメ鑑賞《かんしょう》会とかやってるからだろ」

「勝手じゃないぞあれは。ちゃんと毎回先生の許可はもらってる」

ついでに上映許可もメーカーにいちいち確認《かくにん》を取ってるし。

「何度も何度も何度も何度も何度も職員室詣《もう》でをしてな。そら向こうもいい加減根負けするわ」

「素晴《すば》らしい作品の感動を共有して何が悪い」

人生を真面目《まじめ》に考えるきっかけとなるアニメやゲームだってある。

何しろ、引きこもりだった少年がとあるエロゲーに感動して不登校を脱却《だっきゃく》しふたたび中学に通うことになったなんて美談もあるくらいだ。いや中学生がエロゲやるなよ。

「それはともかく、教室を使わせてもらってる恩は返しておいた方がいいんじゃないか？出入り禁止食らったらあとあと面倒《めんどう》だろ？」

「て、手伝ってくれたりとかは……」

「俺は、ギャルゲー主人公と女教師ヒロインとの甘酸《あまず》っぱいひとときを邪魔《じゃま》したりしない無難な男子クラスメートその一なんで」

「……相手は三次の上に二〇代後半だぞ?」

「お前のその余計な語りで、出入り禁止に一週間停学オプションとか付かないよう祈《いの》ってる。じゃあな」

「お、おい、喜彦……」

さっきまでの歪《ゆが》んだ仲間意識はどこへやら、喜彦の奴《やつ》は苦難の俺をさっさと見捨ててすたすたと校門を出て行く。

後には、絶望とともに立ちすくむ俺と……

「あ、あの……」

逃《に》げ時を失ったのか、一緒《いっしょ》にたたずむ女子クラスメートその二。

「ああ、そっちも帰っていいよ。手伝ってくれなんて頼《たの》まないって」

「あ、うん、まぁ頼まれても引き受けるつもりはなかったけど」

「あ、そ……」

その薄情《はくじょう》さ、さすがはクラスメート歴半月だけのことはある。

「それじゃ、また明日な」

まぁ、いいや。

担任である蓮見佳乃子《かのこ》先生は、別に苦手な部類な訳じゃない。ちょっとばかし四捨五入したら三〇だけど、ウチの教師の中では美人と言ってもいい部類だし、佳乃ちゃんと気安く呼んでも怒《おこ》らない、話もわかるいい先生だ。まぁ、そうやって気安いから雑用をポンポン押しつけられる訳だけど。

「あ、そういえばさ安芸くん」

「ん～？」

とりあえず、軽くも重くもない足取りで校舎の方へと踵《きびす》を返す。

まぁ、佳乃ちゃんとのフラグ成立イベントは色んな意味でレベルが高すぎるけど、それ以外の期待値がないわけじゃない。

「この前、ありがとね」

「はぁ、何が？」

例えば……そうだな、職員室に行ったら佳乃ちゃんのところに制服の違う女の子が立ってるわけだ。

「ほら、春休みの時、帽子《ぼうし》拾ってくれたじゃん。白いベレーの」

「あ～、そうだっけ……？　ごめん全然覚えてないわ」

で、『ちょうどいいところに来たわね安芸君。実はこの子、明日《あした》からウチのクラスに入ってくる転校生なの。先生ちょっと手が放せないから今から彼女に校内を案内してあげてくれない？』なんて、いきなり振《ふ》られて戸惑う俺に、にこっと笑ってみせる転校生の彼女。

「まぁそうだよね。一月《ひとつき》も前のことだもんね。それじゃバイバイ」

「ああ、車だけでなく自転車にも気をつけてな」

そして、互いが互いの顔を見つめ合った瞬間《しゅんかん》……

そこには一月前の記憶《きおく》が蘇《よみがえ》り、驚《おどろ》きとともに大きく目を見開いた彼女の新たな表情が……

「ってちょっと待てえええええええええぇぇぇぇぇぇぇ～～～!?」

と、さっき返した踵をまた返して校門へと全速力で戻《もど》る。

「ん？　なに？」

……薄情な女子クラスメートその二は、とっくに俺に興味を失ったふうに、すたすたと歩き去りかけていた。

「お前が、お前が……」

「わたしがなに？」

「あのときの、白の……」

「白？」

「ワンピースが！」

「あ、あ〜……だっけ？」

「だっ……け？」

「だって、一月前に着てたものなんて覚えてないよ普通《ふつう》」

「そうだよな〜…………………普通、は、さ」

第一章・

ある春の日に、俺は、運命と再会した……

薄暗《うすぐら》い夕陽《ゆうひ》が差し込み、少し冷たくなった風がそよぎ、土ぼこりの舞《ま》う帰り道。

そして、その坂のてっぺんに佇《たたず》む一人の……一人の女子クラスメイト、その二。

名前も知ってる、ここ一月ばかり毎日顔を合わせていた女の子。


「ええと……加納恵《かのうめぐみ》、だったっけ？」

「加藤《かとう》だよ〜」

あ、名前まだ知らなかったわ。

第二章　地味キャラだって、れっきとした個性だろ

「………………」

「な、なに？」

「いや……加藤《かとう》って、さ」

「う、うん」

「普通に可愛《かわい》いなって」

　さっきより、夕陽がさらに西に傾《かたむ》いてきた学校帰りの喫茶店《きっさてん》。

　そんな衆人環視《かんし》の中で、俺は、劇的な再会を果たした運命の彼女……と見せかけて、実はすでに半月ほど同じ教室で過ごしていたクラスメイトの加藤恵《めぐみ》に、自分にしてはかなり歯《う》の浮く台詞《せりふ》を告げた。

「あ、ありがと。でもなんかいきなりで、気持ちこもってないっぽい」

「うん、俺もそう思う。だから今のは忘れてくれ」

「あ、追加オーダーいいかな？　ちょっとお腹《なか》すいてきちゃって」

「ああ、好きなものを頼め。今日は全部おれのおごりだ」

「あ、悪いね、え〜と……」

と、さっさとメニューに目を移す加藤の表情を眺《なが》めながらコーヒーをすする。

そして、さっき口に出した自分の言葉に嘘《うそ》がないことを再確認する。

確かに、加藤恵は可愛かった。

目鼻立ちも整ってる、背も低からず高からず、肌《はだ》もまぁまぁきめ細かく、出るところはそこそこ出て引っ込むところもなかなか引っ込んでる。

「ええと……何この小倉トーストって？」

「うまいぞ？」

「あ、すいません、レアチーズケーキください」

「あ、そ」

なのに、何故《なぜ》だろう。

たった今、女の子に面と向かって『可愛い』と……場合によっては告白とも取られかねない態度を取ったというのに、我ながら全然キュンキュンしないのは……

どういうことこれ？

なんか安心感あるよ加藤？

それも、とてつもなく嫌《いや》な安心感が！

「あ、でもちょっと意外。安芸《あき》くんって思ったよりもリア充《じゅう》？」

「なんだそりゃ？」

「だっていきなり『今から話があるからお茶しないか？』って……」

「ああ、それ……」

誘《さそ》った後、佳乃《かの》ちゃんに『ゴメン今日行けなくなった！』と謝りの電話を入れている俺は、傍目《はため》には浮気《うわき》相手の目の前で本命に嘘の言い訳をする最低彼氏のように見えていたかもしれない。

「わたしちょっと誤解してた。安芸くんって、てっきり……」

「ああ、そいや自分から誘うのは生まれて初めてだったな」

『てっきり……』の後に続く言葉を聞いてみたい気もしたけど、きっと嫌な方向に脱線《だっせん》するに違いないと思ったから先回りして摘《つ》んでおく。

「本当に？　わたしが初めて？」

「ああ、神作画、神脚本《きゃくほん》、神挿入歌《そうにゅうか》の神回三神に誓《ちか》って」

「どんな神なのかよくわからないけど、初めての割にはめっちゃ自然だったよね？」

「そりゃあ……」

いや俺もね、本当はすっごい緊張《きんちょう》するはずだったんだよ？

というか、あの〝坂の上の彼女〟と再会した瞬間に、頭の中が真っ白になって心臓がドキドキ高鳴って口の中が乾《かわ》いてまともに喋《しゃべ》れなくなるんじゃないかと思ってたよ？

けれどその後、親しくなっていくうちに色々な誤解やすれ違いが重なって気まずくなって、その後は顔を合わせるたびに喧嘩《けんか》する腐《くさ》れ縁《えん》になっていくのかと思ってたよ？

そして最後は、一つの事件をきっかけにお互《たが》いの誤解を解いて、しかも初めて会ったときからの気持ちを確認し合ってらぶらぶハッピーエンドに突入《とつにゅう》するかと思ってたよ？

「それより悪かったな。今まで全然気づかなくて」

もちろんそんな妄想《もうそう》プロットを垂れ流す愚《ぐ》を犯すはずはないよ？

「まぁしょうがないけど、ちょ〜っとショックだったかな」

「いやだってほら……ええと、制服と私服じゃ見違《みちが》えるというか、全然イメージ違うんだもんなぁ」

「そう？」

「うん、そう！」

私服姿がまったく記憶にないからイメージ重なるわけないよ……とか絶対言えねぇ。

色んな白い衣類は覚えてるんだけど、それをまとってた本人に至っては顔も言葉も覚えてないとかどんだけ失礼な奴《やつ》だよ。

「だ、大体、なんでその時名乗らなかったんだよ？　同級生だって」

「え～、だって余《よ》裕《ゆう》で顔見知りだし、今さら自己紹介《しょうかい》っておかしくない？」

「いやだって一年のときはクラス違ったろ？」

「けどわたしE組だったから階は同じだよ？」

俺はA組……毎日E組の前を通って教室に行ってた。

やべ、何回もすれ違ってるっていうか毎日レベルじゃね？

「そ、そういえばあの帽子ってどうした？　車に轢《ひ》かれなくてよかったよな！」

「あ、あれなら親戚《しんせき》のコにあげたよ」

「え……」

「春休みにイトコのコが遊びに来てね、なんか気に入ってたみたいだから、帰り際《ぎわ》にお土産《みやげ》にって。すっごく喜んでたよ」

「あ、ああ、そう……よかったね本当」

俺たちの物語のプロットの根幹をなす出逢《であ》いイベントの重要アイテムは、今はめでたく他人様《ひとさま》の手に渡《わた》ってるらしい……

自分の不義理をごまかすために苦しまぎれに向けた問いかけが、親切にも後ろめたさを綺麗《きれい》に消し去ってくれるとは。

どういうことこれ？

本気で安心感あるよ加藤？

それも、とてつもなく残念な安心感が！

「ま〜あれだ、これってやっぱ加藤の記憶力の方がよかったってことだよな」

そんなこんなで、罪悪感もときめきも綺麗サッパリ流されていくにつれ、どんどん加藤への態度が親しみに満ちていく。

「え〜、そっかな？」

「だって俺たちってさ、二年になるまで一度も話したことなかったろ？」

「まぁ、それはそうだけど」

「それに俺帰宅部だし、成績だってパっとしないし、何よりオタクだし……そんな他のクラスの目立たない奴のことよく覚えてたなって」

……と言えば聞こえはいいけど、要するに馴《な》れ馴れしくなっていくというか、異性という意識がなくなっていくというか、女子クラスメイトその二扱《あつか》いに戻っていくというか。

「オタクってのは認めるけど、目立ってないって言ったらみんな思いっきり否定すると思うよ？」

「んなことは……」

「だってさ、ウチの学校でも五本の指に入る有名人じゃん安芸くん」

「げ……俺そんなに目立ってる？」

「一年の学園祭のときのアニメ上映会が大きかったよね。ゲリラでやってれば単なる問題児で済んだのに、わざわざ学校の正式許可取るために毎日のように職員室通って、最後には教頭先生とまでやりあって、わざわざ校長先生が間に入って……そんな人、運動部にもいないよ？」

「……運動部の奴らはそもそもアニメ上映会しようとか考えないだろ」

それは……まずった。

俺、そんなに目立ってたのか。

「そんなわけでね、安芸倫也《ともや》って名前を出したらたいていの人は笑い出すか嫌な顔するもん。誰《だれ》それって聞く人はいないと思うよ」

「て、敵と味方、どのくらいの比率？」

「よくわかんないけど……六対四くらい？」

「うおぅ……やっぱり敵多めか」

「そりゃ仕方ないよ、あれだけ注目集めてたら」

選ばれたオタクエリートか、度を超《こ》した目立ちたがり屋か。

敵か味方か、謎《なぞ》の安芸倫也。

……そもそも、どっちも等しく嫌《きら》われる奴の代表例みたいな気もするけど。


『出てもいい。打たれ強い杭《くい》であれ』


あの、ガキの頃《ころ》の誓いを無意識に守っていたんだな。

じいちゃん、俺、思ってたよりもずっとじいちゃんっ子だったみたいだよ。

「そっかぁ……いや、でもそんなふうに見られてるなんて認識《にんしき》なかったな」

「うん、つまりそういうことなんだよ」

「え、何が？」

「そんな認識ないんだよ。安芸くんも、わたしも」

「加藤、も？」

「安芸くんは別に目立とうとしてないし、わたしはそんなに目立たないようにしてるつもりもないんだ」

「あ……」

と、自分のことばかり考えていたせいで、目の前の女の子の表情が微妙《びみょう》に変わっていたことを見落としていた。

「それでも、安芸くんはわたしを知らなかったし、わたしは安芸くんを知ってた」

ほんの少し寂《さび》しそうで、ほんの少し悲しそうで、そしてほんの少しだけ諦《あきら》めの入った微妙な表情へと。

「友達に言わせるとね、わたし、なんか印象薄《うす》いらしいんだよね。さらっと流せるっていうか……」

「あ〜、わかる！　めっちゃわかるわ〜！」

「……めっちゃ？」

「意外だな〜！　加藤ってかなり可愛《かわい》いしもっと人気あるのかと思ってたわ〜！」

「……今日まで名前も顔も覚えてなかったのに？」

「今日初めてそう思ったの！」

思いっきり失言して思いっきりフォローしたように見えるかもしれないけど、一応嘘《うそ》でも社交辞令でもない。

客観的に見て、目の前の加藤恵という女の子は間違いなく可愛い。

ただそれを、普段《ふだん》めったに女の子と会話しない俺にすら照れずに言わせてしまうそのパーソナリティが……

「いいよ気を遣《つか》わなくても」

「いや、だからそんなこと」

「やっぱ地味なんだよね、わたし」

「地味……？」

加藤がその言葉を自虐《じぎゃく》的に口にした瞬間《しゅんかん》、俺の中で何か熱いものがチリチリと胸を焦《こ》がした。

「安芸くんじゃないけど、成績もそこそこだし、部活にも入ってないし、クラス委員とかもやったことないし」

それは違和《いわ》感のようで、あるいはやるせなさのようで、それとも怒《いか》りのようで。

「友達もそんなにいないし、だからって今以上にたくさん作ろうって勇気もないし」

紡《つむ》がれる加藤の一言一言は、そんな俺の感情を鎮《しず》めることはなく、逆にどんどん高めていき……

「だから、安芸くんだけじゃなくて、みんなに覚えてもらえないのも仕方のない……」

「違う！」

「え……」

だからその瞬間、俺はテーブルに拳《こぶし》を叩《たた》きつけると同時に叫《さけ》んでいた。

「加藤……お前は、地味なんかじゃない！」

さらに立ち上がり、叩きつけた拳を今度は大きく振《ふ》り上げる。

そんな俺の突然《とつぜん》の変化に、周りの客たちが驚《おどろ》いてこちらのテーブルに注目する。

「それは俺が保証する！　だから、だから加藤……」

「ちょ、ちょっと、落ち着いてよ安芸くん」

驚いたのは周りの客だけでなく、加藤も同じだったみたいで。

でも、もう俺の熱い気持ちの奔流《ほんりゅう》は止まらない。

「悪い、ちょっと興奮した」

だからといって、立ったまま拳を振り上げて演説を続けても仕方ないので、俺は一つ大きなため息を吐《つ》くと、ソファーにゆっくりと座りなおし……

「去年のことなんだけどさ……」

そして、今度は静かに語り始めた。

「去年ってことは、一年のとき？」

「いや、二年だった」

「？　ふぅん」

「クラスにさ、すっごい地味なコがいたんだよ」

「誰だろ？　わたしも知ってるコかな？」

「どうかな？　クラスメイトの女子ですらほとんどシカト気味だったし」

「え……そうなんだ」

「髪型《かみがた》は三つ編みで、眼鏡かけてて、そばかす顔で、ほんと地味子のテンプレそのまんまって感じでさ」

「う〜ん、A組にそんなコいたかなぁ？」

「いや、三組だったけどな」

「？　ふ、ふぅん」

「しかも、そんな自分の顔や性格に対するコンプレックスが強くて、いっつも『わたしなんか』って感じのものすごい負のオーラを漂《ただよ》わせてた」

「あぁ、確かに、学年に一人くらいはそういうコいるかも」

静かな口調で語られる俺の言葉を、加藤も静かにあいづちを打ちながら聞き入る。

「でもさ……」

「うん」

その表情からは、少しばかりの戸惑《とまど》いに、ほんの少しばかりの興味が混ざっているように見える。

「萌《も》えるんだなぁコレが……」

「う、うん？」

「その、きっつく結んだ三つ編みがさ、黒縁《くろぶち》の野暮《やぼ》ったい眼鏡がさ、そばかすを隠《かく》すようにいっつもうつむいてるその顔がさ」

「う、う、うん？」

「人を寄せ付けない感じの態度がさ！　絶対に人の顔を見て会話しない頑《かたく》なさがさ！」

「あ、安芸くん……？」

「そんなコがさ、俺だけ……あ、ここ重要な！　俺だけに心を開いたりさ、しかも心を開いてからはもう俺のことしか……あ、ここ超《ちょう》重要な！　俺のことしか見なかったりとか最高だと思うだろうそう思うだろう加藤？　なぁ⁉」

「え、ええっと……そこでなぁって言われても、その……」

「あ……ごめん」

加藤の表情がいつの間にか戸惑いオンリーになっているのを見て、俺は自分がまたしても周囲の客の注目を浴びていることに気づき、ソファーに座り直す。

「少なくとも、俺には最高の女の子だったんだ。だから俺は、彼女から目を離《はな》せなかった……」

「好きだったんだ、そのコのこと」

「ああ、そこまでの展開のままだったら俺の嫁《よめ》になるはずだった……」

「け、決断早いね。まだ高校生なのに」

「それが……あの後、あんなことになるなんて」

けれど、一度落ち着いたのが悪かった。

この幸せな記憶《きおく》の後に続く物語は、俺にとっては辛《つら》い思い出であり過ぎたから。

「あ、もしかして……うまくいかなかった？」

「問題は、付き合うようになってからだったんだ……」

けど、ここまで話した以上、全《すべ》てを語らないのは加藤にとって不誠実だ。

俺は覚悟《かくご》を決めて、重くなってしまった口を無理やり動かす。

「そのコはずっと俺のこと好きでいてくれてた。けれど、俺が好きなままの女の子でいてはくれなかったんだ」

「それって……」

「ある日を境に、変わってしまった……髪《かみ》をほどいてウェーブをかけた。眼鏡をやめてコンタクトにした。そばかすも、薄い化粧《けしょう》で消してしまった」

「あ、イメチェンしたんだ」

「そしたらいきなりクラスの人気者だ。クラスの男子どもはこぞって彼女に声を掛《か》けて気を惹《ひ》こうと必死になった……数日前までまるっきり無視してた連中がだぜ？」

「なるほど、彼氏としては心配だよねぇ」

「まぁ最後には、『自分が人気者になれば、彼氏である俺も皆《みんな》に自慢《じまん》できるから』っていう、彼女の思い込みによるものだったってのがわかって、改めてお互《たが》いの気持ちを確かめ合うことになるんだけどさ」

「なぁ〜んだ、深刻そうな話かと思ったら、単なるのろけじゃん」

「違う！」

「っとと」

そんなからかうような口調と言葉を、俺は激しく否定する。

加藤の優《やさ》しさはありがたかったけれど、今は、その軽口を認めるワケにはいかない。

俺と彼女の本当のすれ違いは、むしろこれからだったんだから……

「彼女がモテたせいで俺がヤキモキしてるときから、なんだか変な違和感を覚えるようになってきたんだ」

「だからそれってヤキモチなんじゃないの？」

「最初はそう思ってたさ……けど、その違和感は、仲直りした後になっても消えることはなかった」

「え、どうして？　だって彼女は……」

「俺が望んでいたのはそんなことじゃなかった」

「けど彼女が安芸くんの望みを勘違《かんちが》いしたんでしょ？　それならよくあるすれ違いだと思うけどなぁ」

「いや、それにしたって不自然な点が多すぎたんだよ」

「不自然って……彼女が嘘をついてたってこと？」

嘘ならよかった。

嘘をつかれていたのなら、俺は傷ついたけれど、違和感は解消されたはずだった。

けれど……

「展開があまりにも唐突《とうとつ》なんだよ」

「展開？」

「付き合うまではすごく良かった。彼女の心の移り変わりもたくさんのイベントを使ってしっかり描写《びょうしゃ》されてたし、ものすごく感情移入できたし」

「イベント？　描写？　感情移入？」

「それがさ、告白して付き合うようになった後の第二部なんかさ、日付は一気に飛ぶわ、彼女の心理描写とかも思いっきり省かれてて、まるで信号機みたいに考え方がパッパと変わるわ、いきなりついていけなくなってさ」

「……第二部？」

「だいたい、ちょっと他のヒロインと話してただけで『私もあのコみたいになれば彼は逃《に》げないかも』なんてモノローグが入るか普通《ふつう》？」

「………」

「かぁ～、わかってねぇ！　って、そのクソ展開にモニターを叩き割りそうになったわ。こいつ話をまとめる能力がないだろ。しかも途中《とちゅう》から手を抜《ぬ》いてるのがありありとわかる。飽《あ》きたのか時間がなかったのか、それとも単に能力がないのかわかんないけど、そんなのユーザーにとってみれば知ったこっちゃないよなぁ。本当、糞《クソ》ライター○ねばいいのに」

真実だから、本当だからこそ、許せないことってものがあるんだ。

軽い真実は、重い嘘《うそ》よりも罪深い。

「あ、あの、安芸くん……まさかとは思うけど」

「なに？」

「もしかしたら彼女って……安芸くんの言ってる嫁って……アニメの女の子？」

「まさか、違うよ」

「あ、ご、ごめん。わたし、ちょっとありえない妄想《もうそう》を……」

「アニメじゃなくてギャルゲー。去年発売された『空回りキッス』ってやつ」

「……え？」

「ああ、でも、もうしばらくすれば加藤の勘違いも勘違いじゃなくなるから安心していいよ。何しろ去年出たエロゲー移植ギャルゲーの中では、デキはともかく売り上げはトップ三に入るくらいだし、ここのメーカーの前作もアニメ化されてるから、彼女が『アニメの女の子』になるのは時間の問題……どうした？」

加藤の表情がいつの間にかえらくフラットになっていた。

「……だから二年三組なんだね。紛《まぎ》らわしいなぁもう、そんなの知らなくて当然だよ」

「当然ってことはないと思うんだけどなぁ……公称《こうしょう》三万本も売れたタイトルなんだし」

「はぁ……」

「疲《つか》れたのか？」

「ちょっとね」

俺が一人でずっと喋《しゃべ》っていたのに、なぜか加藤が疲れていた。

そんなに気合を入れて俺の話を聞いてくれていたんだろうか。

やっぱり加藤って結構いい奴《やつ》なんだろうな。目立たないけど。

「それでさ安芸くん、だからそのゲームのヒロインがなんなの？」

だから、言葉の端々《はしばし》から、ちょっと棘《とげ》がのぞき始めたように感じるのは多分気のせいだろう。

「つまり俺の言いたかったことはさ……だから加藤は地味なんかじゃないってこと」

「えっと、今の話がどうしてそこに繋《つな》がるのかな？」

表情から苛《いら》つきが見て取れるように感じるのも多分気のせいだろう。

「地味ってのはな、それだけで強い個性なんだよ！　強烈《きょうれつ》なキャラクターなんだよ！」

「え～」

「三つ編み、眼鏡、そばかす……そんな地味で地味でしょうがない要素がどんどん積み重なっていけば、それは人を惹きつける魅力《みりょく》になるんだ。そんなコが俺の一番になったりするんだよ！」

まぁ、ホームページの人気投票ではシナリオに足を引っ張られて四位だったけどな。

「加藤は、友達が『そんなにいない』って言ったけど、そのコには一人もいなかった。一人の友達を作る勇気すらなかったんだ」

喫茶店《きっさてん》で友達に『わたし友達少ないんだよね～』と愚痴《ぐち》ることも、友達を作るために部活に入ろうなんて決心することも、何一つできなかった。

「とっくに友達がいる加藤とは、そもそも立ってる場所が違うんだよ」

他にも、誰《だれ》とも喋らなかったり、あまり学校に来なかったり、女子グループから地味にいじめに遭《あ》ってたり……あ、男子グループから性的いじめを受けてたとかいう設定は世情を鑑《かんが》みて採用されてなかったけど。

「改めて言うぞ、加藤……お前は、地味なんかじゃない」

地味でも派手でもない。

個性も属性もない。

それは、ひとことで言ってしまえば……

「お前はキャラが死んでいるんだよ！」

「…………」

ついでに、二言三言付け加えるなら……

「ただ単にキャラが立ってないだけなんだよ！　中途半端《ちゅうとはんぱ》なんだよ！」

「…………」

とどめに。

「だから全然目立たないんだよ！」

「…………」

俺の、気持ちのこもった言葉と視線を受けて、加藤が口をぽかんと開けて俺を眺《なが》める。

その視線はなんというか、さっきよりもますますフラット度が増したというか、余計に個性が殺された、印象に残らない表情になったというか。

「ええと、ちょっと聞いてもいいかな？」

「なんだ？」

「つまり今の、あまりにも長い前振《まえふ》りは、わたしを励《はげ》ますためじゃなかったんだ？」

「励ます？　なんで？」

「……しかも庇《かば》ってくれるどころか否定だったんだ。わたしってゲームのキャラ以下だったんだ」

「何言ってんだ、去年で言えばそのコ以上の萌《も》えキャラなんかいないぞ？　リアルどころか二次元でさえも」

「『どころか』と『さえも』の順序が逆じゃないかな？」

「え？　なんで？」

「…………」

「……加藤？」

「…………」

夕陽《ゆうひ》の差し込むログハウス風の喫茶店。

テーブルに置かれたデニッシュの上のソフトクリームが全部溶《と》けてしまうまで、加藤は無言のままそこを動こうとしなかった。

※　※　※

「ふううう……」

バイトから帰り、飯を食って風呂《ふろ》に入って、そろそろ日付も変わろうかという時間。

俺は勢いよくベッドに体を横たえる。

今日は本当に疲れた……

とは言っても、体にジワっと感じる心地《ここち》よい疲れじゃなくて、頭にモヤっと感じる精神的な疲れの方が強かった。

『ほら、春休みの時、帽子《ぼうし》拾ってくれたじゃん。白いベレーの』

「はぁぁぁぁ～」

頭をよぎるのは、帰り道の出来事。

……加藤恵という、運命のメインヒロインだったはずの女の子との再会のこと。

『あ、あれなら親戚《しんせき》のコにあげたよ』

「はぁぁぁぁぁぁぁぁぁ〜〜」

あんなに偶然《ぐうぜん》がいくつも重なり合って出逢《であ》ったはずなのに、恋《こい》に落ちるどころか、あまりのドラマのなさにびっくりな強制イベントのことばかりだった。

物語のプロローグにふさわしい運命も、出逢いのインパクトも、純白のイメージも、あまりに素《す》のまま反応する加藤恵という女の子にとってはものの数ではなかった。

……気安いっちゃあ気安くて楽なんだけど、そこまで完璧《かんぺき》にフラグを潰《つぶ》さなくてもいいんじゃないかと思わなくもなかったり。

『友達に言わせるとね、わたし、なんか印象薄《うす》いらしいんだよね』

目を閉じて、今日見た加藤恵という女の子のいくつもの表情を思い浮《う》かべる。

……とりあえず、一月経《ひとつきた》ってないから一応まだはっきり思い出せるけど、数日後に同じくらい鮮明《せんめい》に思い描《えが》けるかというと う～んな感じだった。

「いや、可愛《かわい》いんだけどさぁ」

本人にも面と向かって告げた通り、確かに可愛い。

これはお世辞でも口説き文句でもない。

表情だって、ころころとまでは言わないけど、乏《とぼ》しくもなく、そこそこ色んな加藤恵という女の子の素顔を見せてもらったはずだった。

なのに、なぜ……

まるっきり〝その気〟にならなかったのか。

ちと古い言い方をさせてもらえれば〝キュンと〟こなかったのか。

『わたしってゲームのキャラ以下だったんだ』

「……うん、まぁ」

あのときの加藤は、さすがにちょっと印象に残るアレな表情を浮かべてた。

けどまぁ、俺だってアレだったんだからおあいこだと思うんだよな。

まさか、久しぶりに強い創作意欲を掻《か》き立てられた運命の女神《めがみ》だったはずの彼女が、実はあんなキャラ立ちの弱い属性なしだったなんて。

ホント、あんな中途半端なキャラ、初めてだ……

キャラクター設定：

ヒロインA（名前未定）

メインヒロイン。桜の舞《ま》う坂道で出逢った少女。

「う～ん……？」

頭がまとまらないまま、机の引き出しにしまってあった企画書《きかくしょ》を引っ張り出す。

と、すぐに最初のページに大々的に書かれたメインヒロインのキャラ設定で目が留まってしまう。

名前未定《かとうめぐみ》なメインヒロインの設定のところで……

坂道の頂上に一本だけ咲《さ》く大きな桜の古木。

その大木にかけられた呪《のろ》いに縛《しば》られ、桜の精として永遠の時を生きている。

主人公が幼い頃《ころ》、彼女と交《か》わした約束……

その約束が守られ、彼女の願いが叶《かな》うとき、呪いは解除される。

その時、彼女の存在は、皆《みな》の記憶《きおく》から消えてしまう。

「呪い……か」

もしかして、加藤の印象が薄いのは桜の木の呪い……なわけないな。

俺は、一月ぶりに目にしたその文字列の痛さに頭を抱《かか》えつつ、くしゃくしゃに丸めてごみ箱にぶん投げた。

もちろんストライクは取れず、紙くずは机の下に潜《もぐ》り込んでしまう。

「ダメだぁ……没」

改めて頭を抱えるしかなかった。こんなに難しいキャラは初めてだと。

いや、別に描写《びょうしゃ》するのが難しいって訳じゃないんだけど。

というか何も考えずに作れるけど、本当に作ることができるだけ。

そして、絶対にヒロインにならないだけ。

ヒロインの女友達その一の領域を脱却《だっきゃく》することは至難の業《わざ》。

いや、女友達その一ですらハードルが高い。よくてその二くらい。

うん、絶対無理。

こんな企画、通るわけがない。

ここまで大きな逆境、覆《くつがえ》せるわけが……

「……待てよ？」

けれど次の瞬間《しゅんかん》、俺はベッドから跳《は》ね起きると机の下へと飛び込んだ。

あまりにも中途半端ってのは、一つの属性なのでは？

とんでもない逆境ってのは、定番の燃えポイントなのでは……？

※　※　※

そして翌朝……

「よ、おはよ加藤！」

「あ、おはよ安芸くん」

「…………」

「なに？」

「いや、今までと変わんないな〜って」

登校途中《とちゅう》で出会った加藤恵は、普通《ふつう》に、心の底からごく普通に俺に接してきた。

「そりゃあ、一日遊んだくらいでそんなに馴《な》れ馴れしくなんないよ普通」

「いやいや、逆だ逆」

「逆？」

「お前、よく俺のことシカトしたり睨《にら》んだりしなかったな」

「あぁ、そゆこと」

「ぶっちゃけ俺、昨日は加藤にめっちゃ酷《ひど》いこと言いまくってたよな？　キャラが立ってないとか、中途半端だとか……」

「ま〜ね、とっても失礼だとは思ったよ？」

「……怒《おこ》った？」

「そりゃ、怒らないでもないけど、シカトする理由もなきにしもあらずだけど」

「けど？」

「けど、朝一番で、こうも元気いっぱいに何もなかったみたいに話しかけられたらさぁ、『あ〜、昨日のことって大したことなかったんだなぁ』って思っちゃうよね」

「加藤、お前……」

なんてチョロい……

「ん？　何か言った？」

「許してくれてありがとって……」

「いいよもう。こっちこそ昨日はごちそうさま」

実際、加藤は本当にいい奴《やつ》だ。

冷静で、理性的で、穏《おだ》やかで、気安くて、安心できる友達だ。

だから感謝はしてる。してるが……問題意識も感じてしまう。

「これからもまた何かあったら誘《さそ》ってね。安芸くんと話してると退屈《たいくつ》しないしさ」

なんでここで過剰《かじょう》反応しないんだよ。

男女の緊張《きんちょう》感皆無《かいむ》じゃねえかよ。

お前を怒らせたり悲しませたりすることなんか不可能なんじゃないのか？

それって、ヒロインとしては失格なんじゃないのか……？

「あ～、その件については安心してくれ」

それじゃダメだろ加藤。

一歩踏《ふ》み出さなきゃ、前には進めないんだぞ？

「何しろお前はこれから、毎日放課後俺と過ごすことになるんだから」

「だと思うならもっと動揺《どうよう》したらどうだ？」

加藤の表情が、昨日と同じくらいフラットになっていく。

「改めて、加藤！」

「う、うん？」

というわけで、よくない予兆を感じ取った俺は、強引《ごういん》に話を進めようと……

「俺は、お前を、胸がキュンキュンするようなメインヒロインにしてやる！」

「…………」

「……何か言えよ」

「……何を言えばいいの？」

強引に話を進めようとしたら、やっぱり昨日と同じように、どんどん表情から個性が消えていく。

「っ、と、とにかくこれ！　これを見てくれ！」

「ラブレター？」

「だからぁ、だと思うならさぁ、もっと劇的な反応というかさぁ」

「……企画書？」

「告白？」

「お前、人の反応を気にせず話を進める奴だなぁ」

「……って、なんなのこれ？」

タイトル：
未定（めぐたんのラブラブサマーバケーション？）
ジャンル：
未定（恋愛《れんあい》アドベンチャー、恋愛シミュレーション、デスクトップアクセサリ等）
作品コンセプト：
本作のメインヒロインである加藤恵（仮名《かめい》）を徹底《てってい》的にフィーチャーし、
彼女の魅力《みりょく》を最大限に引き出すことを唯一《ゆいいつ》にして最大の目的とする。

「だから企画書。ギャルゲーの」

「…………」

「とはいえ、商業で実現する金もコネもないから同人かなと思ってるけど」

「…………」

「そして、加藤恵というキャラを、魅力的なヒロインにするためのパスポート」

「……安芸くんの言ってることが超《ちょう》痛いと思うのはわたしの感性が古いから？」

「大丈夫《だいじょうぶ》、俺にも少しはやってしまった感はある」

「少しなんだ……」

「ちなみに次のページにもう少し細かい設定が……」

キャラクター設定：

加藤恵（仮名）
メインヒロイン。桜の舞う坂道で出逢《であ》った少女。
豊《とよ》ヶ《が》崎《さき》学園二年。
身長：本人記入のこと
体重：本人記入のこと
バスト：本人記入のこと
ウエスト：本人記入のこと
ヒップ：本人記入のこと
趣味《しゅみ》：本人記入のこと
特技：本人記入のこと

意気込み…ちょっと恥《は》ずかしいけど一生懸命《けんめい》頑張《がんば》ります。応援《おうえん》してくださいね♪


「……ねぇ」

「……どうかした？」

「この体重とかスリーサイズとか、わたしが書くの？　自分で？」

「いやぁ、さすがにその辺のデータは俺も持ってないし」

「こういうのセクハラって言わない？」

「何言ってんだ、これから加藤はギャルゲーヒロインになるんだぞ？　個人情報とか気にしてる場合じゃないだろ」

「……色々と突《つ》っ込《こ》みたいところは枚挙にいとまがないんだけど、とりあえずなんでコメントだけ入ってるの？　しかも♪付きで」

「俺にはお前の気持ちを代弁することしかできない」

「……安芸くん、わたしが今日、あなたのこと許すって確信してたでしょ？」

「ほんっと加藤みたいな優《やさ》しいコ俺大好きだわ」

「安芸くんの厚かましさをちょっと見誤ってたかも」

「ほら、やっぱり怒らないし照れないし、もう最高！」

『ちょっとやらせてくれない？』とか言っても冗談《じょうだん》で済ませてくれそうだよな。

まぁ、そういうところが問題なんだけど。

こういうときは、激怒《げきど》したり号泣《ごうきゅう》したりして、相手の罪悪感や庇護欲《ひごよく》をかき立てた方が圧倒的《あっとう》に効果あるんだよな……ギャルゲー的には。

「なぁ、加藤……というわけで一緒《いっしょ》に目指さないか？」

「だから、何を？」

「ギャルゲーヒロイン」

「…………」

「可愛《かわい》くて、キャラが立ってて、魅力的で、ゲームをプレイした誰《だれ》もが『俺の嫁《よめ》』にしたくなる、そんな一番人気のヒロインになってみる気はないか？」

「ごめん、やっぱり言ってる意味わからない」

「まぁ、確かに二の足を踏むのもわかる。俺も勢いだけで走ってるところあるし」

「わかるんならブレーキかけて欲しいんですけど」

「それでも、それでも俺は…っ！」

「あ、安芸くん……？」

「俺は、加藤をヒロインにしたい。加藤恵という女の子がメインを張るゲームを作りたいんだよ！」

俺の、熱い気持ちのこもった叫《さけ》びを、加藤はちょっとだけフラットじゃない視線で受け止めてくれた。

「……どうして？」

ちなみに今は登校中。

「昨日言ったよね？　わたしはキャラが立ってないって。中途半端《ちゅうとはんぱ》だって」

けれど大丈夫。そろそろ予鈴《よれい》が鳴る頃《ころ》だから、周囲に同級生なんか一人もいない。

……うん、あまり大丈夫じゃないな。

「なのに、なんで安芸くん、そんなわたしにこだわるの？」

「それは……」


出逢ったときから惹《ひ》かれていた。

再会したとき、一度は夢破れた。

けれど、諦《あきら》めきれなかった。

何度目を閉じても、あの時の……

白いワンピースを着た君の姿が瞼《まぶた》に浮《う》かび。

そして、目の前の、制服の君に重なる。

……あいつの隣《となり》で微笑《ほほえ》む、君の姿に重なる。

もう自分の気持ちを誤魔化《ごまか》せない。

たとえ君の瞳《ひとみ》に僕が映っていなかったとしても。

だから、証明したいんだ。

僕たちの、あの桜の木の下での出逢いが正しいものだったと、
僕にとっても、君にとっても運命だったんだと。

僕が、君という女の子を、恋人《こいびと》にすることができる可能性を。

君が、僕という男を、男としてみてくれる、その日が来ることを。

「と、次のページに主人公のモノローグがあるんだけど、こんな感じでどうかな？」

「安芸くんさぁ、本気でわたしを誘《さそ》うつもりあるの？」

「う～ん、やっぱ昔の男を出すとマズいよなぁ、処女独占厨《しょせん》的に……」

「だから言ってる意味わかんないんだってば」

そのまま、本日の交渉《こうしょう》は不調に終わってしまった。

なぜならこの数秒後、遠くに鳴り響《ひび》く予鈴を聞いた俺たちは、交渉を早々に打ち切って

青い顔して学校へと駆《か》け出していったから。

まぁ、それでも俺は悲観していない。

最初から、二、三日くらいで説得しきれるなんて思ってない。

これからも毎日粘《ねば》り強く交渉して、何週間、何か月かかったとしても、絶対に加藤を振《ふ》り向かせてみせる。

俺は、絶対に諦めないからな、加藤……

※　※　※

そして、さらに翌朝。

「あ、安芸くん、昨日考えてみたんだけどさ、まぁ、放課後なら今のところ部活もバイトもないし、そんなに一生懸命《けんめい》勉強する気もないし、つきあうよ」

「加藤、お前……安いにも程《ほど》があるぞ」

こうして俺たちのギャルゲー製作サークルは立ち上がった。

第三章　はじめに、神はテンプレを創造された（前編）

「ごめんなさい」

「っ……」

放課後の美術室に差し込む夕陽《ゆうひ》は、すっかり傾《かたむ》いて廊下《ろうか》にまで届いている。

「先輩《せんぱい》の気持ちはとても嬉《うれ》しいんです。本当に」

「あ、いや、うん」

その紅《あか》い光を受けて黄金に輝《かがや》く髪《かみ》は、本当は単なる生まれつきに過ぎないけれど、今はなんだか彼女の強い自己主張を表しているようにも見える。

「ただ私、今は今度の展覧会のことで頭がいっぱいで、その……」

「だ、だよな～！　二年連続の入賞がかかってるんだもんな。ごめん、こんな大変な時期に俺……」

「いえ、そんな……本当にごめんなさい」

なぜなら、俺は知っている。

こい……彼女が、たかが学生の展覧会なんかで追い込まれたりするようなことなんてあるはずがないということを。

文化祭だろうが展覧会だろうが印刷所の締《し》め切りだろうが、作品の出来に納得《なっとく》がいかなかったら余裕《よゆう》で期限を破り捨てる豪胆《ごうたん》さを持ち合わせていることを。

「そ、それじゃあさ、とりあえず今は保留ってことで！」

「え……」

「展覧会が終わったとき、もう一度考え直してみて欲しいんだ、どうかな？」

「…………」

「駄目《だめ》、かな？」

「…………」

「さ、澤村《さわむら》……さん？」

そして、俺は知っている。

彼女が、今のこの沈黙《ちんもく》の中に、とてつもない怒《いか》りをにじませているということを。

「っ……いたの？」

「まぁな」

放課後の美術室に差し込む夕陽は、すっかり傾いて、こうして廊下にまで届いていた。

結局、最後の最後に壮絶《そうぜつ》にシカトされた命知らずで物知らずな先輩がしょんぼりと肩《かた》を落として美術室を去ってから五分。

その間、こいつはショックを受けた年上の男を気づかうこともなく、何事もなかったようにてきぱきと絵の具を片付け、そそくさと準備室の鍵《かぎ》を閉め、ちゃっちゃと帰り支度《じたく》を済ませ、鼻歌交じりで美術室から出てきやがった。

「で、見てたの？」

「まぁ、偶然《ぐうぜん》な」

「どこから？」

「『話があるんだ澤村。どうしても言わなくちゃならない、大事な』のあたりから」

「あ〜ら、偶然とおっしゃりながら最初から最後までお覗《のぞ》きになられ遊ばされるとはご随《ずい》分《ぶん》とお趣味がおよろしくないようで〜」

「なんか敬語が意味不明になってんぞおい」

その変な言葉遣《ことばづか》いとともに、金色の髪の房《ふさ》がふわりと……というかぶんぶん揺《ゆ》れた。

サイドで結《ゆ》わえている分、遠心力がハンパない。

「で、何か用？　用があるなら手短にお願いね。あら残念時間切れ。それじゃあまた」

「お前〇・五秒で話せることって言ったらって突《つ》っ込《こ》むだけでもう〇・五秒過ぎちゃった

よ！」

「あんたが言いたいことは昨日全部聞いた。あたしが言いたいことは昨日全部言った。これ以上話を続ける余地がどこにあるって？」

そう、今日という日は昨日の未来……

あの、壮絶にダメ出しくらった。プレゼン《プロローグ》の翌日。

「いや、あれから二人の意見を聞いてまた改訂《かいてい》してきたんだよ企画書《きかくしょ》。それで今回のポイントをかいつまんで説明するとだな……」

「『あたしが言いたいことは昨日全部言った』って言ったでしょ⁉」

「おぉう……」

とりつく島もないというのはこのことばかりに、金色の髪の房が遠心力を伴《ともな》ってぶぅんと襲《おそ》い来る。

ていうかとうとう俺の頬《ほお》にまで達した。痛くすぐったい。

「だいたい、自分じゃ何もできない能なしがディレクターとか名乗ってネットでメンバー集めていざ話を聞いてみたら当然のように無報酬《むほうしゅう》ですとか頭沸《わ》いたこと言い始めてしかも結局何も作れずに遊んでばっかりなだけでなく実はこっちが女だと知ったらしつこく誘いかけてくるとかそういうのがあたし一番嫌《きら》いなの」

「台詞《せりふ》が長い上にあまりにも具体的すぎて体験談としか思えないぞ⁉」

こいつも昔はいろいろあったんだろうか……？

「そんなわけで嫌《いや》な過去を思い出したから帰る。帰って寝《ね》て全部忘れる」

やっぱりあったんだ……

「それじゃ、また来週」

「あ、ちょっと待てよ」

「何よ、もう話すことなんて……」

「例のアレ、完結したんで持ってきた。週末の気分転換《てんかん》にでもどうだ？」

「……じゃあね」

最後の俺の言葉を理解したのかしてないのか……

やっぱり最後にきっちりにらみを利《き》かせると、姿勢を一直線に保ったまま廊下の王道《まんなか》を歩き去っていく。

「……じゃあ、な」

澤村・スペンサー・英梨々《えりり》。

美術部のエースにして学園一と評判の偽《にせ》プリンセスは、今日もご機嫌斜《きげんなな》めだった。

※　※　※

「さて、夢と希望に満ちあふれた週末金曜日、皆様《みなさま》いかがお過ごしでしょうか〜！」

「集合時間に遅《おく》れてきた上にその言い草はないんじゃないかなぁ？」

俺が待ち合わせ場所である視聴覚室《しちょうかく》に辿《たど》り着いたとき、加藤《かとう》はその扉《とびら》にさっさと施錠《せじょう》して、鍵を職員室に返しに行こうとしているところだった。

「や〜ごめんごめん、教室出たところで勝ち気なクラス委員長に『こら待て掃除《そうじ》当番〜！』って追いかけられちゃってさ〜」

「それはともかく、もう鍵閉めちゃったから今日のサークル活動はこれでおしまいってことでいいよね？」

「……遅れて悪かった」

ちょっと浮気性《うわきしょう》でスケベだけど根は憎《にく》めないギャルゲー主人公的な挨拶《あいさつ》を、加藤はさっさと受け流した。

まぁそもそも、たった一〇分の遅刻《ちこく》でさっさと主人公を置いて帰ってしまおうとするアンチギャルゲーヒロインには合わない対応だったかもしれない。

「あ、けどさ、せっかくこうしてメンバー全員集まったんだし、今後の進め方とかもうちょっと話していかないか？」

「全員ってのがちょっと詭弁《きべん》っぽく聞こえるけど……そだね、この前一緒《いっしょ》に行ったお店にでも寄ってく？」

「ああ、それがいいな。同じ店なら背景枚数減らせるし」

「……言ってる意味がわからないけど、じゃあ行こっか」

「あ、俺ちょっとロッカー寄ってくる」

「じゃあ、まずは教室だね」

と、加藤は俺の誘いに当然のようにＯＫすると、普通《ふつう》に楽しそうな足取りで廊下を歩き出す。

出会ってたった一週間だけど、多分、傍《はた》から見たら俺たちは結構順調に関係を積み上げているように見えるんじゃないかと思う。

同じクラスになって、ちょくちょく話すようになって、一緒にサークルを立ち上げて、毎日のように二人で過ごすようになって……

「それで、今後の進め方って何か思いついたの？　他のメンバーの心当たりは？」

「……さて、夢も希望も打ち砕《くだ》かれ万策《ばんさく》尽きた週末金曜日、皆様いかがお過ごしでしょうか〜」

「まだ一つしか策を弄《ろう》してないと思うんだけど？」

「一事が万事ということを考えれば、一策が万策と言えなくもない」

「理屈《りくつ》っぽいこと言ってるようで全然辻褄《つじつま》合ってなくないそれ？」

そして、目の前の苦難を一緒に乗り越《こ》え……ようとはしてくれなさそうで。

出会ってそろそろ一週間だけど、多分、内側から見たら俺たちは見事なまでにただの友達というスタンスを固めつつあるように思う。

「まぁ、とにかくもうちょっと粘《ねば》り強くやっていくしかないな」

「って、まだ諦《あきら》めてないの？　澤村さんと霞ヶ丘先輩《かすみがおかせんぱい》のこと」

「まぁ、たった一日でOKがもらえるとは最初から思ってなかったし」

昨日のプレゼンは、どうひいき目に見ても散々な結果だった。

何しろそこにあったのは、否定、罵倒《ばとう》、疑問、憐憫《れんびん》の四重苦。

めまいがするほど高い壁《かべ》が、俺たち二人の前に立ちはだかっていた。

「まぁ何にしても、まずはあの二人を引き込まないことには何も始まらないしな〜」

「それだよ安芸《あき》くん」

「どれだよ加藤くん」

「そもそも最初からハードル高すぎるんだよ」

「けど、二人じゃゲームは作れないし」

いや同人ゲーを一人で作ってる人はいるけれど、それは少なくともシナリオと原画とスクリプトができる人であって、多くともシナリオも原画もスクリプトもできない二人がその条件に当てはまるわけもなく。

……やっぱ無謀《むぼう》なのかなこの企画《きかく》？

「でも、だからって最初に声をかけるのが、どうしてあの二人になっちゃうの？」

「なんか変かな？　だって実力的には……」

「そもそもあの二人って、まるで畑違《はたけちが》いだよ」

「畑？」

「だって、澤村さんは美術部のエースだし、霞ヶ丘先輩は学年一位の優等生だし」

「……ああ、そういうこと」

なるほど、見方を変えればそういう人物評も成り立つのか、あの二人……

「そりゃ確かに絵は上手《うま》いだろうし、文章も書けるとは思うけど、だからって、あんな安芸くんとは別の意味の有名人がこんなオタクサークルに参加するわけないじゃん」

「まぁ、確かに有名人ではあるけれど……」

どうやら俺と加藤の間には、あの二人に対する深刻な認識《にんしき》の差があるようだった。

まぁ、確かに彼女らの〝本性〟を知らなければそう思うのは自明の理か。

……ほんっと、タチ悪いよなぁ、あいつら。

「それ以前にあれだよね、まず声かけたのが女の子ばっかりってのがもう……」

「…………」

教室前の廊下《ろうか》にたどり着くと、俺は加藤の視界をさえぎるようにこっそりロッカーを開ける。

「やっぱり安芸くんってあれだよね、え～と、ほら……ギャルゲー脳？」

「…………」

そして、やっぱり今朝ロッカーの中にしまっておいた一キロ超《ちょう》のアイテムが綺麗《きれい》さっぱり消えていたことを確認すると。

「なんていうか、現実に、二次元の理想を持ち込もうとしすぎるっていうか」

「なぁ、加藤」

「あ、ちょっと言い過ぎた？　ごめ……」

「明日《あした》、俺の家に来ないか？」

「……え？」

加藤を、『シーン回想でよく出てくる背景の場所《俺の部屋》』へと誘《さそ》った。

※　※　※

で、土曜日。

「お待たせ～」

「……よう」

加藤は、集合場所に三分ほど遅れて、けれどちゃんと現れた。

「晴れてよかったよね～今日。予報ちょっと微妙《びみょう》だったから心配してたんだ」

「まぁな」

昨日の俺の、唐突《とうとつ》かつ結構意味深な誘いに、加藤はほんの数秒ほど頬に手をやって考え込む仕草を見せた。

けど、すぐにふつ～にリラックスした表情で『うん、い～よ』ときやがった。

これって俺にしては……いや、俺じゃなくてもかなりの快挙だ。

知り合って一週間で、女友達を家に連れ込むなんてオタクの所業じゃない。

普通なら、まず間違いなく重要なフラグが立つ展開なんだけど……

「へ～、安芸くんの家ってこの辺なんだ。わたしときどき通りかかるよ？」

「知ってる」

「そうなの？　ああ、そういえばここってわたしが帽子《ぼうし》飛ばしちゃったところだね」

「……はぁ」

今気づいたんだ。

わざわざこんな、バス停すら近くにない場所を指定したってのに。

「なんか眠《ねむ》そうだね？　深夜アニメ？」

「まぁな。で、その後寝ずに新聞配達。帰ってから少し寝たけど」

「安芸くんって、ほんと見かけによらず努力家だよねぇ。頑張《がんば》る目的が他の人とちょっとずれてるけどさ」

「………………」

そこ流すんだ。

あの時の俺の自転車にもたくさん新聞が積んであったんだけど。

「ほんっと、疲《つか》れてるみたいだね？」

「うん……今、急にな」

「大丈夫《だいじょうぶ》？　なんなら今日は帰ろうか？」

「いや平気。それより、その服」

「あ、これ？　ひとそろいまとめて先週買ったんだ。だいぶあったかくなってきたし、そろそろ衣替《ころもが》えかなって」

「そう……」

カーディガンもパンツも薄《うす》めの暖色系で揃《そろ》えている。

確かに、これも春らしい装《よそお》いだと思う。

俺なんかと遊ぶのに、普通にお洒落《しゃれ》してきてるのもポイント高い。

けど……

「似合ってないかな？」

「いや、似合ってるって。活動的だしいいんじゃね？」

「ありがと。そなんだよね、結構動きやすいし気に入ってるんだこれ」

「そっか……よかったな」

そっか、あの白のワンピは冬の装いなんだ。

いや、そこまで求めるのは理不尽《りふじん》ってのはわかってる。

けど、なんというか、少しばかり淡《あわ》い思い出ってものがあっても……

というかこんな短い会話で三本もフラグを折らなくたって……

「……本当に大丈夫？」

「もういい、そろそろ行くぞ、俺んち」

「あ、はい、おじゃましま～す」

「まだあと徒歩一〇分だ。手始めにこの坂上るぞ」

「え～、坂の上なんだ安芸くん家。ここ上るのきっついんだよね～」

ほんっとこの女、オタク心をくすぐらないことこの上ないな！

俺、なんだか自信がついたよ。

今日は何があっても絶対に加藤を襲《おそ》わないって自信がさ。


「ま、散らかってるけど適当に座ってくれ」

「改めておじゃましま～……うわぁ、絵に描《か》いたようなオタク部屋だね」

「ああ、俺も早く絵に描いた存在になりたいよ」

「そういうこと素《す》で言ってもあんまり気持ち悪くないのって安芸くんの人徳だよね」

「ああ、俺ももっと徳を積んで抱《だ》き枕《まくら》を実体化させる力を手に入れたいよ」

「……ごめん、今のはちょっと気持ち悪かった」

まぁ、ある程度予想はしてたことだけど……

加藤恵《めぐみ》は、部屋に上がっても、結局いつも通りだった。

緊張《きんちょう》して『あ、暑いね～この部屋』と言いつつわざとらしく窓を開けたり、間違えてベッドに腰《こし》かけて『ご、ごめんなさいっ！』って慌《あわ》てて立ち上がったり、『どれどれお宝は～？』とか言いながらエロ漫画《まんが》やＡＶ探したりとか全然そういう気配がない。

って、最後のは違った。

「ま、とりあえずギャルゲーでもやって時間を潰《つぶ》してててくれ。大丈夫、エロゲーはないから、この部屋」

「何がとりあえずなのかも何が大丈夫なのかもさっぱりなんだけど」

だから俺も、本当にいつも通りにオタク友達を招いたときのままの俺でいられる。

ゲームなら一ヒロインクリア。アニメなら一シリーズ全話視聴《しちょう》が帰宅の条件だ。

そう、それが俺の家に遊びに来るということなのだから……

『今日は楽しかった。今度また誘ってね』

『それじゃ、帰りましょ』

「だから、メンバー集めようっていうのはいいよ。ゲーム作るのにはたくさんの人が必要だってのは、さすがにわたしでもわかるし」

「PCギャルゲーならそんなでもないけどな、商業でも小さいところは二、三人で作ってるところもあるし」

「でも適材適所って言うし、安芸くんの趣味《しゅみ》だけで選んでも……」

「じゃあ逆に聞くけど、どういう奴《やつ》ならいいと思うんだ？」

「そうだね、体つきが大きくて、冬でも汗《あせ》かいてて、バンダナ絶対外さなくて、人のこと『殿《どの》』付きで呼んで、あと『だお』とか『デュフ』とかよくわかんない語尾《ごび》をつけるような……」

「いや俺が御免《ごめん》だし。ていうか加藤はいいのかよそういうので？」

「え〜、やだけど仕方ないよね？　基本、安芸くんたちの業界ってそういう人たちで成り立ってるって聞いたことあるし」

「お前は酷《ひど》いのか優《やさ》しいのかよくわからんな」

『今日はほんとに楽しかった〜。また絶対に誘ってね？　約束よ？』

『それじゃ、一緒《いっしょ》に帰りましょ』

「けど、まず重要なのはやる気があるかどうかでしょ？」

「必要なのはやる気と能力だ。そしてどっちかといえば後者が重要。烏合《うごう》の衆を集めたところで何ができる」

「そうは言っても」

「というか容姿や性格や性別は関係ないの。そういう評価基準で選んだのは加藤だけ」

「そういう評価基準で選んでない人たちが、そういう評価基準で選んだわたしより、そういう評価基準で上なのはどうかと思うんだけど」

「お前、本当にそういう台詞《せりふ》に反応しないのな」

「それはともかく、絵がちょっと古い感じがするねこのゲーム」

「実際に古いからな。古典的名作ってやつだ」


『今日は疲れちゃったね』

『それじゃ、帰るね。さよなら』

「だけどさ、二人ともオタク系に関しては素人《しろうと》なんだし、やっぱり無理が……」

「あいつらが素人だといつから思っていた？」

「え？　どういうこと？」

「……固定概念《がいねん》だなぁ加藤」

「な、なにが……」

「お前、今の選択肢間違《せんたくしまちが》えてたぞ」

「え、いつからゲームの話に変わってたの？」

「お前の選んだプレゼントは実は好意度マイナス1だ」

「え〜！　女の子だったらアクセサリあげとけば間違いないんじゃないの⁉」

「自分から女の価値を下げるような発言は慎《つつし》めよ」

「だってゲームのヒロインだし、そんなもんかなって」

「………………」

「安芸くん？」

「さて、しばらくゲームを中断して、休憩《きゅうけい》アンド説教タイムだ」

「ひと休みはともかく、なんで説教？」

「加藤、お前にはギャルゲーのヒロインというものがわかってない。彼女たちは単なる記号でも、決まったところを押せば必ず同じ反応を返す装置でもない。ちゃんと温かい血の通った、現実の女以上に魅力《みりょく》的な人間そのものでなければならないんだ！　仮にもこれからギャルゲーのヒロインになろうというお前がそんな基本的なことも理解できないでどうする⁉」

「……せめてお茶いれてからにして」

『**ほら、こうすれば寒くないでしょ？**』

『**わぁ、素敵……ホワイトクリスマスね**』

「安芸くんの、誰《だれ》にでも物怖《ものお》じしないところは長所でもあるけれど、やっぱりある程度相手は選んだ方がいいと思うけどな」

「…………」

「いくらなんでも澤村さんはないよ。彼女がどういう人かは知ってるでしょ？」

「…………」

「安芸くん？」

「あ、ごめん、ディスプレイの向こうに行ってた」

「……あ、そう」

「で、なんの話だっけ？」

「澤村さんだよ。二年G組の澤村英梨々さん」

「澤村・スペンサー・英梨々な。一応英国姓《せい》も残ってる」

「美術部のエースだよ？　去年、入学してすぐに市の展覧会で入選して、学校中の話題になってたの知ってる？」

「あいつの実力からしたら市レベルなんて当然だろ」

「？　しかも彼女、家が金持ちとかお父さんが外交官って噂《うわさ》もあるんだよ」

「ああ、父親がイギリス出身で外交官ってのは本当だけど、多分、加藤の想像してるのとはまるでイメージ違うぞ」

「？？　なのにそういうの鼻にかけたりしないで誰にでも優しいし、何より見た目が見た目だから、同級生だけでなく先輩《せんぱい》たちにも大人気だし、噂を聞きつけてクラスまで見にくる新入生も後を絶たないんだって」

「本当、高校に入ってからの隠蔽《いんぺい》っぷりは完璧《かんぺき》だからな」

「？？？　あの、安芸くん？」

「なぁ、加藤」

「え、なに？」

「今、お前がやってるそのゲームだけどさ、色んなヒロインがいるよな？」

「突然どうしたの？」

「文系、理系、芸術系、体育系、帰宅部……バラエティに富んでるよな」

「ま、まぁ、確かにたくさんいるよね」

「その中には、攻略《こうりゃく》が簡単なヒロインもいるし、相当に難しいヒロインもいる」

「そうだね、主人公のパラメーターとの関係を摑《つか》むまで苦労したよ」

「けれど、一つだけ言えることがある……」

「えっと、それはなに？」

「それは……誰もが攻略可能だということだ」

「え、えぇ？」

「幼なじみのあの子も、マネージャーのあの子も、そして美術部のあの子だって！」

「そりゃ、確かにこっちも美術部ではあるけど……」

「それだけじゃない！　嫌《いや》みな男友達だと思ってたあの子も！　三年間廊下《ろうか》でぶつかってくるだけだったあの子だって！」

「そこまでいっちゃうと言いたいことぶれてこない？」

「いいや大丈夫《だいじょうぶ》！　だって俺の言いたいことは、人間、やる気と情熱さえあればなんだってできるってことなんだよ！」

「そりゃ、ギャルゲーは必ず正解があるけど現実はそんなにうまくいかないよ」

『こうして、俺の三年間は幕を閉じた』

『この三年間、なんにもいいことなかったなぁ』

「…………」

「…………」

「……現実どころかゲームでもうまくいかなかったね」

「やっぱ、二年の春のデート選択肢がまずかったなぁ」

「それも現実の季節と妙《みょう》に重なって嫌《いや》な感じだね……」

ディスプレイから流れる哀愁《あいしゅう》溢《あふ》れる男声ボーカルを聴《き》きながら、俺と加藤は高校生活三年間の激闘《げきとう》を終えた余韻《よいん》に浸《ひた》っていた。

ふと外を見ると、窓に映る景色はいつの間にか闇《やみ》に溢《あふ》れている。

つまり、ほぼ五～六時間ぶっ通しで二人きりの時間を過ごしていたということになる。

「もうこんな時間かぁ……それじゃわたし、そろそろ」

「あ……」

と、加藤が腰を上げる。

初めて女の子を家に呼んで二人きりで過ごすという重要イベントは、オタク童貞《どうてい》高校生主人公にしては出来過ぎなくらいに順調に進んだ。

ゲームコントローラーの奪《うば》い合いとか押し付け合いで何度も手が触《ふ》れまくり、攻略法やヒロイン属性について熱い会話を交《か》わし、お互《たが》いにとても大切な時間を共有した。

「今日はありがとね。思ったより全然楽しかったよ」

だからもう、今日はここまでで十分……

「それじゃ」

「待て」

「え？」

「一人はクリアするまで帰さないって言っただろ？」

「だから、ちゃんとエンディングまで……」

「今のはＢＡＤエンドだ。ノーカンだ」

いや、違う。

そもそも、まだ何も始まっていない。

「でも、もうすぐ七時だよ？　外真っ暗だし」

「あ、大丈夫。今日、両親とも帰るの夜中だから」

「全然大丈夫じゃなくない⁉」

これは、俺たちのサークルのために必要なことだから。

避《さ》けては通れない、険しい道なのだから。

「約束だろ、加藤……まだ帰るなよ」

「あ、安芸くん……」

「頼《たの》む！」

だから、じっと加藤を見つめる。

理不尽《りふじん》なことは承知してる。

あまりにも意味深だってことも理解してる。

それでも、俺は……

「まぁ別に、家には今日遅《おそ》くなるかもって言ってあるからちょっとくらいはいいけど」

「いいんだ⁉」

この期《ご》に及《およ》んでもあまりビビらずに男の家に居続ける加藤は結構どうかと思う。

これって、やらせてって頼み込んでも怒《おこ》らないどころかワンチャンあるのでは……

『**あなたには根性《こんじょう》があるわ！　私と一緒《いっしょ》に甲子園《こうしえん》を目指しましょう！**』

「それで、さっきの話に戻《もど》るんだけど」

「ん？　なんだっけ？」

二回目のプレイでは、加藤はメインヒロインを諦《あきら》めて青髪《あおがみ》ショートのコにターゲットを変更《へんこう》したようだった。

「攻略するって言っても、どうやって？」

「ああ、とりあえず運動部に入って部活ばっかりやってれば勝手にときめくぞ」

「そっちじゃないよ、澤村さんのことだよ」

「……ああ！」

どうやら加藤が話題に上げたのは、攻略難易度が加藤そっくりのゲームヒロインの方ではなく、攻略難易度が藤○詩○も真っ青な現実ヒロインの方らしかった。

「この前、あんなに思いっきり断られたんだし、もう二度と話も聞いてくれないんじゃないかな？」

「まぁ、向こうはそのつもりかもな。携帯《けいたい》も着信拒否《きよひ》されてるし」

「え……」

しかもこれで三六回目だし。

「だからまぁ、布石を打った。あとは待つしかない」

どうせすぐ不便に耐《た》え切れずに解除するに決まってるのに、いい加減懲《こ》りない奴《やつ》だ。

「奴があのサインに気づけば、必ず向こうからやって来る……」

「布石？　サイン？　どういうこと？」

「そうだな……例えば萌《も》え豚《ぶた》に『ヒロインの可愛《かわい》さに萌え死ぬ！』って言って薦《すす》めたゲー

ムが、実は『可愛い萌えヒロインが死ぬ』鬱《うつ》ゲーだったら怒るだろ？」

「ごめん、言ってる意味がよくわかんない」

「じゃあ……例えばシナリオ厨《ちゅう》に『これ絶対泣けるから！』って言って薦めたゲームが、実はバグだらけで正常に動作しなくて違う意味で泣けるゲームだったらキレるだろ？」

「それ、ちっともわかりやすくなってない……」

「で、ここからが本題なんだが……同じように、ホラー嫌《ぎら》いな奴に、騙《だま》してホラー作品を貸してやったら怒るだろ？」

「本題が一番わかりやすいってどうなの」

「で、そんな仕打ちを受けたら、貸した奴に一言言わなきゃ気が済まないだろ？」

「ううん別に？　ただで貸してもらったんなら怒るのもなんだかなぁって思うけど」

「済まないんだよ！　特にオタクは！」

特に最初のたとえ話の元ネタ提供者には、電話で三時間、リアルで六時間、俺の全精力を費やして罵倒《ばとう》したっけ……

「え、えっと、安芸くん……じゃなくてオタクの人全般《ぜんぱん》はともかく、澤村さんは当てはまらないんじゃ……」

「……マジで言ってるのか？」

「え？」

「加藤、お前は本当の英梨々……澤村・スペンサー・英梨々を知ってるのか？」

「ていうか逆に気になってたんだけどさ、安芸くんって澤村さんのこと詳《くわ》しいね？」

俺の仰々《ぎょうぎょう》しい煽《あお》りに、いつも通り軽～く返してきた加藤のツッコミは、けれど珍《めずら》しく鋭《するど》いところをついていた。

「……どうしてそう思う？」

「だってほら、本名とか、家族のこととか、昔のこととか……考えすぎ？」

まぁ多分、女の勘《かん》とは全然違う方向性だろうけど。

「考えすぎついでに、もう一つだけ教えておこうか」

と、俺は西窓の方に歩み寄り、正面を指差す。

そこには、坂をのぼり切った我が家から、さらに見上げる高台がある。

「あいつの家が金持ちだって言ってたよな」

「あ、でも噂だけどね」

「それも本当だ。ここからでっかい屋敷《やしき》が見えるだろ？」

「ああ、あの高台に建ってるお屋敷？　あれ、ウチの学校の窓からも見えるよね」

「うん、あれが澤村邸《てい》」

「え？」

「ちなみにウチと同じ学区。あそこの子もウチの子も、坂の下の嶋村《しまむら》小学校と嶋村中学校に通うことになってる」

「……え」

「まぁ、私立に入ってれば違ってたんだけど、澤村家……っていうかスペンサーのおじさんは、そういう特別扱《あつか》いをしない人でな」

「え？　え……」

だからまぁ、昔は色々あったんだけど。

「ついでに今、高台から一つの光がこっちに向かって下りてきてるだろ？」

「えっと……あ、本当だ。なんだろ、自転車？」

「あれが多分……」

今ごろは、頭から湯気を噴《ふ》き出している最中だろう。

「あ、安芸くん……止まったよ！　この家の前で！」

「ああ、そうだな」

どれだけ急いでいたのやら、三秒ほど壮絶《そうぜつ》に甲高《かんだか》いブレーキ音が周囲に響《ひび》き渡《わた》る。

「あ、安芸くん……入ってきたよ！　この家に！」

「ああ、そうだな」

壁《かべ》に叩《たた》きつけるほど激しくドアを開く音が、これまた周囲に響き渡る。

予備の鍵《かぎ》はちゃんと植木鉢《うえきばち》の下に戻しておいてくれただろうか。

「あ、安芸くん……どんどん近づいてくるよ！　この部屋に！」

「ああ、そうだな」

二段飛びでどんっ、どんっと階段を駆《か》け上がる音が、今度は家中に響き渡る。

「あ、安芸くん……？　なんか転んだみたいだよ？」

「無茶しやがって……」

どかっ、どたたたた～と壮絶に階段をずり落ちる音が、これまた家中に響き渡る。

あれは……痛いだろうなぁ。

「あ、安芸くん……今度は、え～と」

「ああ、そうだな……加藤」

「え？」

「一応、伏《ふ》せておけ」

ずずぅ、ずずぅ、と、今度は一段ずつ階段を這《は》い上がってくる音が……

まるで、ほら、アレだ、え～と……

「何が萌えバトルアニメだあああぁぁぁぁぁ〜〜〜!!!」

と、そんなオタクっぽい叫《さけ》び声とともに、DVDケースが飛んできた。

第四章　はじめに、神はテンプレを創造された（後編）

「何が萌えバトルアニメだああああぁぁぁぁぁぁ～～～!!!」

その声が届くと同時に、ＤＶＤケースが俺の頭上を高速回転しながら飛んでいった。

よく糞《クソ》ゲーとか駄《ダ》ニメに付き合わされたユーザーが『フリスビーにして遊んだ』という表現でその作品をｄｉｓることがあるが、まさにそんな悪魔《あくま》の所業だ。

こういう奴が『新品を買ったのにヒロインが中古だった』とか言いつつメディアを切り刻んでメーカーに送ったりするんだろう。実に嘆《なげ》かわしい。

「と、倫也《ともや》、あんた……っ、あたしがホラー超《ちょう》苦手なの知っててぇ！」

「ん？　『これはゾンビですか？　はい、ジョージ・Ａ・ロメロの名作です』は気に入らなかったか？」

ああ、そうか……さっきずりずりと階段を這い上がってくる音が何かに似ていると思ったがそれだ。

「しかもなんで四巻目!?　三巻までちゃんと本物が入ってたのに！」

「油断しただろ？」

なにしろ三巻がすごくいいところで終わるから、ここが一番の狙《ねら》い目だった。

「四巻だってオープニングまでそのままで、本編入ったらいきなり実写のグロシーン満載《まんさい》とか！　しかもえぐいところばっか編集してるし！」

「それどころかＤＶＤのラベルだってちゃんと自作したんだぞ？」

絶対に見分けがつくはずがないというくらいに会心の出来映《できば》えだった。

「で、何のために？　何が目的で？　何をしたくてこんな馬鹿《ばか》げた低脳かつ幼稚《ようち》な悪ふざけっぽい嫌《いや》がらせ的なイタズラをしたのか是非《ぜひ》とも聞かせて欲しいわね！」

「落ち着け。今のなんか『何のためにこんな馬鹿げたイタズラをしたのか』で十分だろ」

なんか興奮しすぎて同じ意味の言葉を羅列《られつ》しすぎてくるし。

「だいたいなんで着信拒否してんのよ！　おかげで直接来るしかなかったじゃない！　あんたの家なんか二度と来るつもりなかったのに！」

「自分から先に拒否してただろ。お互《たが》い様だ」

しかも、二度と来るつもりがなかった割には随分《ずいぶん》と手慣れた侵入だったような。

まぁ、鍵の隠《かく》し場所なんて俺たちが小学生の頃《ころ》から変わってないけど、それを覚えてるってのは……

「ああもうっ、怒《いか》りのあまり頭が痛くなってきた……っ」

「いや普通《ふつう》にタンコブできてるから。救急箱取って来ようか？」

「そもそもこの怪我《けが》だってあんたのせいじゃない！　何そんなに落ち着いてるのよ！」

「いやごもっとも」

う～んこの理不尽《りふじん》な怒《おこ》りっぷり……なんという強属性、あまりにテンプレ通り。

だが、テンプレとは諸刃《もろは》の剣《つるぎ》。確かに簡単にキャラクターを立たせることができるけど、あまりにテンプレそのまま過ぎると食傷気味にならざるを得ないというジレンマを抱《かか》えている。

こいつも普段《ふだん》はそこそこバランスのいいキャラしてるんだが、こうして怒り出すと凡《ぼん》百《ぴゃく》の理不尽キャラに成り下がってしまうのが……

「また勝手に脳内で人のキャラ批判してるでしょこのギャルゲー脳症《のうしょう》！」

「その超能力《ちょうのうりょく》者のように見透《みす》かしてるところがますますテンプレ幼なじみキャラじゃねえかよ！」

ほら、こんなふうに。

あ、ちなみに一〇年以上デレないからツンデレキャラとは死んでも言わない。

「ね、ねぇ、安芸《あき》くん？」

「……おお、無事だったか加藤《かとう》」

と、いかん、この数分間くらい加藤のことをすっかり忘れてた。

「……誰《だれ》？」

俺の後ろに隠れ、すっかり怯《おび》えたようにぶるぶる震《ふる》えている。

……と可愛《かわい》かったんだけど、まぁいつも通りのフラットな加藤だったのは、ある意味キャラがぶれてないとも言える。

「今までの会話の流れで他の人間だったら笑うわ。ていうかお前、一年以上も同じ学校に通ってるだろ」

「安芸くんもわたしと一年以上も同じ学校に通ってたよね？」

「ああ、その軽快なツッコミはいい感じだ」

などとやっぱりフラットな会話を交《か》わしつつ、加藤の視線の先にいる女を指差す。

「というわけで、こいつが小中高ずっと同じ学校に通ってるご近所さんの澤村《さわむら》・スペンサー・英梨々《えりり》だ」

「違《ちが》うよ……こんなの澤村さんじゃないよ」

「現実見ようぜ？」

とはいえ、信じられないのも無理はない。

いつもは『金髪《きんぱつ》といえばこれでしょう』とばかりにあざとく結《ゆ》わえられていたツインテ

ールはほどかれ、今は壮絶にくっしゃくしゃ。

女子たちの憧《あこが》れの白磁のような肌《はだ》は、額のところに大きな赤あざが広がり。

男どもの噂《うわさ》に上る澄《す》んだ青い瞳《ひとみ》は、ＳＤキャライラストの半白眼のようにつり上がり。

とどめに着てるのは、胸に嶋村《しまむら》中学校の校章が入った緑色のジャージ上下ときたらもうね……

「ちょ、ちょっと、倫也」

そんな、ギャップ萌《も》えというにはちょっとキツすぎる姿格好の幼なじみは、ようやく今のこの部屋の状況《じょうきょう》というか人数というか男女比に気づいたようで、少しだけ声を落として問いかけてくる。

「……誰？」

「同じ学校で同じ学年でしかも二日前に紹介《しょうかい》したばかりなんだけど……」

「まぁ、わたしの印象なんてそんなもんかな～ってのは安芸くんに同じ扱《あつか》いされたときに気づいてたけどね」

俺の時で少しは慣れたのか、加藤は相変わらずの薄《うす》い反応の中にも少しのたくましさを覗《のぞ》かせた。

……こういう現状をあっさり受け入れてたら、メインヒロインとしてはおしまいな気もするんだけどな。

「ふぅん……」

「あ、あの……？」

「ちょっと、動かないで！」

「は、はいっ」

直立不動の加藤の周りを英梨々がぐるぐると回る。

「ね、ねぇ、安芸くん……」

「俺を巻き込むな」

「わたしを巻き込んでおいてその言い草!?」

その、今にもバターと化してしまいそうな金色の虎《とら》に睨《にら》まれたごく普通のカエルという
ちょっと何言ってるんだかわからないですねな二人の邂逅《かいこう》は、微笑《ほほえ》ましすぎてまったく近
寄る気にもなれなかった。

「気のせいかな？　わたし、ガン見されてるような……しかもあの澤村さんに」

「気にすんな、そいつ超近眼なんだ。学校じゃコンタクトだけど」

「ほ、ほんとにそれだけ？　それだけでこんな……」

「こんな……なに？」

「ひゃうっ」

まぁ、気にするなと言っておいてなんだけど、今の加藤の気持ちもよくわかる。

コンタクトつけてないときの英梨々は視力も目つきもマジ最悪。

「ふぅん、あなたが倫也の……」

「お、お友達、です」

「別に友達でも彼女でもオタ友でもセフレでも興味ないけどね」

「あの、最後のやつはさすがに失礼なんじゃ……わたしに」

「気にすんな、そいつ超性格悪いんだ。学校じゃ完璧《かんぺき》に擬装《ぎそう》してるけど」

それこそ、腫《は》れた額を冷やすためにわざわざ自分のハンカチを濡《ぬ》らしてきてくれた加藤に対する恩なんて微塵《みじん》も感じられないくらいに。

普段はフサフサな金の毛皮に隠れ、着ぐるみの猫《ねこ》のファスナーは見えない……

「さて、説明して……もらわなくてもいいか別に」

一通り加藤をねめ回す仕事を済ませると、英梨々はようやく少し落ち着いたようで、この部屋に自分一人しかいないみたいにくつろいだ姿勢をとった。

……男の部屋であぐらはどうかと思ったけど、とりあえずそこには突《つ》っ込《こ》まない。

「要するに、倫也の、周りが見えてない自分本位の視野狭窄《きょうさく》な欲望から生まれた、ぼくのかんがえたさいきょうの思いつきな愚策《ぐさく》にまた付き合わされたってことね」

冷静になったはずなのに相変わらず同じ意味の言葉を羅列しすぎてたけど。

「いやぁ、今日のうちに俺のメッセージを受け取ってもらえてよかった。このままお前が来なかったら、今晩加藤を泊《と》めなきゃならなかったぞ」

「え？　わたしお泊まりさせられるところだったの⁉」

加藤が今さらながらに素《す》っ頓狂《とんきょう》な反応を返す。

まぁ冷静に考えれば、初めて遊びに来た、知り合って一週間の男の部屋で『今夜は帰さない』と言われてる訳だから動揺《どうよう》するのは当たり前か。

「加藤さん、だったかしら？　別に何の心配もいらないわよ。この男、女の子と二人きりでいても徹《てつ》ゲーかアニメマラソンしか選択肢《せんたくし》ないから」

「何を言うか、俺だって今はマ○オカートだけで徹夜なんかしない。ちゃんと夜通し恋愛《れんあい》について語り合ったりするんだ」

「ジャンルがギャルゲーになっただけじゃない」

と、英梨々はディスプレイに映り込んだゲーム画面に侮蔑《ぶべつ》の視線を向ける。

「しかも今さらこんな古いゲーム……」

「古典的名作と言え。だいたい英梨々だって昔はハマってただろ」

「小学生の時じゃない。しかもあんたに『一人クリアするまでは帰っちゃ駄目《だめ》』とか泣かれて無理やり……」

「小学生の頃から言ってること何も変わってないんだね安芸くん」

「み○りんが俺の嫁《よめ》過ぎるのがあかんのや……」

「え、なにこれすっごい可愛《かわい》い……」

「で、過去ログを漁《あさ》ると数年くらい前にさかのぼって見られるようになってるから。今の絵柄《えがら》への変遷《へんせん》をたどるのも楽しい旅になるぞ」

「余計な知識を植え付けないの。絵描《えか》きにとって過去絵を見られるのは死よりも辛《つら》いときだってあるんだから」

「なら残さなきゃいいだろ」

「そしたらヒット数稼《かせ》げないでしょ。なに当たり前のこと言ってんのよ」

「はいはい……」

「澤村さん、こんな萌え絵も描《か》くんだ……」

加藤の視線は、俺のPCに表示された『egoistic-lilyのページへようこそ！』と書かれたページに釘付《くぎづ》けになっていた。

「てゆうか本当にオタクだったんだ……」

その、最新の人気アニメや売れ線ギャルゲーのヒロインイラスト満載《まんさい》な、萌えと時流に乗りまくった媚《こ》び媚びのページに。

「覚えてなさいよ倫也……」

「いやだって実物見せないと絶対信じてくれないし」

実際、こうして髪《かみ》ぼっさぼさのジャージ姿で目の前に現れた後も、加藤はまだ澤村・スペンサー・英梨々というオタ女の真実を理解しようとはしなかった。

なのでこうして、英梨々の全《すべ》ての情報を開示しカルチャーショックを与《あた》えることで、頑《かたく》なに閉じた目を開かせるという荒療治《あらりょうじ》に出るしかなかったわけだ。

プロフィール
HN：柏木《かしわぎ》エリ
サークル名：egoistic-lily
性別：♀

誕生日：六月二五日
イベント参加予定：四月三〇日　COMIC☆ニッチ
A‐26　egoistic-lily
『バイシクルH&H』本予定（二四ページ）

『エリ』というHNに『l i l y』というサークル名、そしてこのページを開いたときのエ l i l y……英梨々のふてくされた表情から、加藤はやっと、俺の言いたいことを理解してくれたようだった。

「まったく、見たくもないホラー見せられるわ、階段で怪我《けが》させられるわ、あげくの果てにHP《ホームページ》晒《さら》されるわ、あんたって本当に最低の屑《くず》ね」

表情通り、英梨々の方は完全にふてくされてしまったけれど。

「まぁそんなに怒《おこ》るな。ほれ、本物の四巻だ、持ってけ」

「こんなの元から借りるはずだったものじゃない。こっちはハメられた分丸損よ」

「……あと、ここに全巻購入《こうにゅう》特典のラフ画集というものがあってだな」

「っ……まさか、瞬殺《しゅんさつ》した一巻の初回限定版にしか応募《おうぼ》ハガキが入っていなかったという、あの阿鼻叫喚《あびきょうかん》のレアアイテム？」

「ああ、ネットオークションじゃ余裕《よゆう》の万超《ご》え。しかも作画監督《かんとく》のキャララフ全掲載《けいさい》。きっと同人作るときには重宝すると思うんだがなぁ……」

「……どうしてそんなお宝を手放す気になったの？」

「詫《わ》びというからには誠意を見せないと……なんてな、実は保存用にもう一セット買ってあったんだよ」

「相変わらずやることがえげつないわね……返さないわよ？」

「好きにしろ」

「ほんっとに、心の底からオタクだったんだ……」

あと、この『初回限定』とか『特典』とかに釣《つ》られる英梨々のメンタリティからも、俺の言いたいことを間接的に理解してくれたようだった。

「これでわかったろ加藤？　この、学校ではお嬢様《じょうさま》のふりしつつも裏では思いっきり同人に手を染め人気ジャンルに寄生しつつ荒稼《あらかせ》ぎしてるオタク女が俺たちのギャルゲー制作にとってどれだけ必要なのかが！」

「え、えっと、それは……」

「あたしやっぱり帰る。てか死ね」

「いいや絶対に仲間になってもらうぞ英梨々！　お前のその卓越《たくえつ》したデザイン能力と、流行の絵柄にすぐ追随《ついずい》できる器用さがあれば、この大して特徴《とくちょう》のない加藤でさえも超絶萌《ちょうぜつも》えキャラに……」

「え、えっと、つまりわたしみたいな特徴のないキャラをモデルにした場合、澤村さんレベルの画力がないとどうしようもないと……？」

「いやラノベだろうがギャルゲーだろうが売り上げの九割は絵で決まる（って聞いたことある）から！」

「それのどこがフォローになってるのかわからないよ安芸くん」

「それ、モデルなしでオリキャラ起こした方がハードル低いんじゃないの？」

「いや、それは困る。何しろ加藤あっての企画《きかく》だし」

「まぁあたしはやる気ないからどうでもいいけど」

「いや、それも困る。何しろ英梨々がいないと成り立たない企画だし」

「それってどんだけ脆弱《ぜいじゃく》な企画なのよ。たとえ初代のスタッフが全員抜《ぬ》けてブランド名と権利しか残ってなくてもしれっと続編が出る某《ぼう》タイトルを見習いなさいよ」

「やめろ！　そういうブランドのこと〝俺は〟尊敬してるけどそれとこれとは話が別だろ！」

「きゃあああ〜っ⁉」

「っ⁉」

「ど、どうした加藤？」

と、俺と英梨々が続編FD《ファンディスク》商法が横行……ではなく席巻する業界のあり方について激論を交《か》わしているとき、加藤が素っ頓狂な叫《さけ》び声を上げた。

「ちょ、ちょっと安芸くん！　この女の子、なんか消しが入ってるよ⁉」

「って、うわ加藤！　お前『一八歳以上ですか？』ボタン押したな⁉」

「あ〜あ……なんでそっちまでいっちゃうのよ」

加藤の指差すままに画面を見ると、ついさっきまで笑顔《えがお》で萌えポーズを決めていた変身ヒロインの女の子が二人の透明《とうめい》人間に前後から貫《つらぬ》かれ涎《よだれ》を垂《た》らしながら感じていた。

「あ、あへっ……さ、澤村さん、これはっ」

「そういうことといちいち聞かないのがマナーってものじゃないかしら加藤さん？」

「描くほうがよっぽどマナー違反《いはん》だよぅ⁉」

「何を言ってるの？　確かに未成年が一八禁画像を閲覧《えつらん》するのは禁止されているけど、未成年が一八禁画像を描くことまで制限されてはいないわよ？」

「つまり今違反を犯したのは加藤だけということになるな。本当に、なんで『はい』を押したんだよ未成年のくせに」

「安芸くんまで⁉」

まぁ、加藤にはショックが大きかったかもしれないけど、これが柏木エリこと澤村・スペンサー・英梨々という同人ゴロのもう一つの真実だった。

ジャンルはアニメ・ゲーム系。

一つのジャンルを深く掘《ほ》り下《さ》げるのではなく、その都度人気のあるタイトルに素早《すばや》く切り替えてはジャンル効果を最大限に活《い》かすタイプ。

HPに掲載するイラストは基本的に毎日更新《こうしん》。

ヒット数は余裕の日当たり数万超え。

ほぼ毎月イベントに参加しては荒稼ぎ。

今やコミケでも余裕の壁《かべ》サークル。

そして、その高い人気を支えているのが、普通《ふつう》に萌えイラストだけでも十分に売れる腕《うで》を持っていながら容赦《ようしゃ》なく凌辱《りょうじょく》まで描き切るその妥協《だきょう》を許さない姿勢とも言える。

いや、俺はこいつの一八禁本見たことないけどな。未成年だし。

「で、で、でも……一八禁サイトを運営するのは……」

「それなら心配ないわよ。サイトを運営してるのはパパだから」

「え……」

「ついでにイベントの売り子もな……」

「え、ええ⁉」

「だから言ったろ加藤。お前の持ってる外交官のイメージとは違《ちが》うって」

英梨々は確かに皆《みな》が言う通り、純粋培養《じゅんすいばいよう》のエリートには間違いなかった。

けど、培養するときに与えられた方向性が世間の認識《にんしき》とずれ過ぎていた。

こいつは、オタク外国人の父と腐女子《ふじょし》の母との間に生まれた直系のサラブレッド……

金と両親の理解という、最強の矛盾《むじゅん》というか武器と防具を備えた最強のオタクだった。


「まぁ、けど加藤の言ってることはもっともだ。英梨々、お前もういい加減に一八禁はやめた方が……じゃなくて一八禁やるなら一八過ぎてからにした方がよくないか？」

「だってその方が売れるんだもの」

「いやお前、だから同人ってのは趣味《しゅみ》なんだから売れる売れないじゃなくてさぁ」

「何言ってるの。売れる売れないに決まってるじゃない」

「な……」

「自分の趣味を押しつけても客は離《はな》れていくだけよ。ちゃんと流行を読んでニーズに合わせた商品をタイムリーに供給しなきゃ人気は続かない」

「え、英梨々……」

その瞬間《しゅんかん》、首の後ろの辺りがチリチリと痛む。

英梨々の、あまりの搾取《さくしゅ》型オタク的な発言に。

子供の頃《ころ》、一緒《いっしょ》に夢を追いかけてた頃とあまりに乖離《かいり》してしまったその信条に。

「そして、これが一番肝心《かんじん》なんだけど……売れなかったら、人気なかったら、同人なんかやってる意味ないわよ」

「違う！」

「え？」

「お前はそんな甘っちょろい奴《やつ》じゃない！　もっと青臭《あおくさ》い奴だったはずだ！」

だから俺は、叫んでいた。

俺の知っている、幼なじみのちょっとマニアックな女の子から乖離してしまった……悲しいくらい偽悪《ぎあく》的になってしまった英梨々に苛《いら》ついてしまったから。

「だってそうだろ？　そんな安易に考えてる奴が地道に創作活動続けられるか？　毎月どころか毎週のようにやってくるイベントに次々と新刊出せるか？」

「倫也……」

昔のこいつはこんなんじゃなかった。

俺に無理やりやらされたギャルゲーに結局どハマリし、自分専用のメモリーカードで『オールクリアおめでとう』のＣＧまで出していった可愛《かわい》い女の子だった。

「そんなの、人気取りや商売っ気だけじゃ続けられないだろ？」

ヘタクソだけど愛情のこもった片○さんのイラストを俺に見せびらかして嬉《うれ》しそうに笑ってた、とても魅力《みりょく》的な女の子だった。

「情熱がなきゃやってられないだろ！」

「続けられるわよ？」

「せっかく熱く語ったんだからちっとはひるめよ！」

「むしろそういう商売っ気全開の作家さんこそコンスタントにたくさんのイベントに出てそつなく稼ぐわよ？　よく隣《とな》り合わせになる某サークルなんかもう……」

「やめてやめて消費型オタの夢を壊《こわ》すのやめて！」

一瞬で首の後ろの辺りはピキピキに凍《こお》らされた。

駄目《だめ》。やっぱ駄目。こいつとはもう二度とわかり合えない。

「倫也、あんたこれからは自分も搾取側に回ろうって言ってるのよ？　そんな甘っちょろい夢を抱《かか》えたままじゃやっていけないわよ？」

「違うもん俺のは商売じゃないもん表現の自由だもん！」

「じゃあ、そのコをプロデュースしたいって言ってたのは嘘《うそ》なの？　売れなくて、誰《だれ》にも知られなくて、彼女のキャラクターが世間に認められなくても全然構わないの？　結局、単なる自己満足に過ぎないってことなの？」

「くっ……」

なんだか商業と同人がごっちゃになってる議論のような気もするけど、そもそも現実の同人界もごっちゃになってるから俺は有効な反論ができずに唇《くちびる》を噛《か》む。

そして、そんな緊迫《きんぱく》した雰囲気《ふんいき》に心を痛めた女の子が一人……

「あ、あの、ふたりとも喧嘩《けんか》は……」

「あなたは黙《だま》ってなさい！」

「加藤、今は口を挟《はさ》まなくていいから大人しくゲームの続きやっててくれ、な？」

「えっと、わたしなんでここに呼ばれたの……？」

いたけれど、今は邪魔《じゃま》だった。

『ね、どれに乗る？』

『↓お化け屋敷《やしき》』

「で、結局倫也は、このコをどんなヒロインにしたいと思ってるの？」

「どんなって……」

「バーチャルアイドル？　ボーカロイド？　国民的カノジョ？　3Dカ○タ○少女？」

「いや、最後のは……」

ＵＳＢ接続するとますます危険なような気が。

「ま、別に参加する気はないからどうでもいいんだけどね」

「その割にはえらく嫌《いや》な方向に具体的だな」

『う〜ん、ちょっと疲《つか》れちゃったかな』

「あと、最後にはちゃんと白濁《はくだく》まみれにしてもいいの？」

「お前の作家性に一般《いっぱん》という概念《がいねん》はないのか」

『今日はありがとう、また誘《さそ》ってね、それじゃ、さよなら』

「まぁ最後まで萌えで貫き通すならイチャラブエッチでも構わないとは思うけど」

「あ、あの、できれば未成年のわたしも買える方向性にして欲しいな〜と……」

「……って！　加藤！　お前またこの期《ご》に及《およ》んで選択肢《せんたくし》間違えたな！」

「え〜、ここまでときめかせたらどっちでもいいじゃないもう。絶対このコ告白してくれるって」

「なぜ最後まで全力を尽《つ》くさない！　お前リアルのデートでもそんなこと言えるのか⁉」

「わかったよもう、じゃあデートに誘うところからロードすればいいんでしょ？」

「わかってない、やっぱお前全然わかってないよ！　人生もゲームも一発勝負、リセットボタンなんて使うのは邪道《じゃどう》だってさっきから何回も言ってるだろ！」

「あなたを見損《みそこ》なったわ加藤さん」

「え？　澤村さん……？」

『**お弁当作ってきたの。一緒に食べましょう？**』

「英梨々はさ、今まで人気作の二次創作しかやってこなかっただろ？」

「それがなんだって言うのよ？」

「そろそろオリジナルで名を上げたいって思ってたんじゃないのか？」

「別に……」

「いいや思ってたはずだ。自分がオリジナルの作品が当たれば、同人の売り上げはさらに跳《は》ね上がるって教えてくれたのは他ならぬお前だったよな？」

聞くところによると、ギャルゲーやエロゲーの仕事なんて、仕事量の割に収入は大したことなくて、実際は同人誌で稼いだ方がよっぽど楽らしい。

つまり、ゲームの仕事を請《う》ける人たちは、同人でさらに儲《もう》けるために仕方なく……いや、ほんの一部の作家さんに限った話らしいけどね？

「それは商業の話。同人の、しかもカスみたいな個人レベルのサークルの作品が大当たりなんて、そんな夢物語を描《えが》いてる暇《ひま》があったら五冊は描けるわよ」

「覚えてないのか？　同人界においてまったく無名の弱小サークルが、趣味を極《きわ》めて大長編を作りわずか数年で業界制覇《せいは》をなし遂《と》げたあの奇跡《きせき》を」

「そういうのが当たった理由って、結局シナリオが神だったからじゃない。イラストがいくら頑張《がんば》ったところで……あ」

「だからその点はぬかりない、盤石《ばんじゃく》だ」

「っ……」

「何しろシナリオ担当は誰だと思ってる？　あの、霞《かすみ》……」

「あたし、元からその気ないけど、あの人が来るなら一〇〇％参加しないから」

「……元からその気がないのに、どうしてわざわざ『あの人』を強調する？」

「そういえば澤村さん、最初の集まりの時も霞ヶ丘先輩《かすみがおかせんぱい》に対してなんか微妙《びみょう》な態度だったよね？　もしかして過去に何か……」

「あなたは大人しくゲームやってなさい。あ、爆弾《ばくだん》ついてるわよ？　何やってるの」

「え？　あ、本当だ危なかった」

「……誤魔化《ごまか》したな？」

「はぁ、何のこと？」

「俺も前から思ってたけどさ、お前、なんで詩羽《うたは》先輩のことそんな嫌《きら》ってるわけ？　売れっ子同士、通じ合うものがあると思うんだけどなぁ」

「あんたこそ、あの人に対して去年とはえらく態度が違わない？　入学当時なんかものすごい勢いで……」

「い、いや、それは……」

「そういえば安芸くんも霞ヶ丘先輩に対して変に気まずそうだったよね？　もしかして過去に何か……」

「お前は大人しくゲームやってろ。クリスマスまでに体力上げとかないとまずいぞ？」

「……あなたたちって、本当はすごく似たもの同士なんじゃない？」

『**あなたがレギュラーを取れるって、信じています**』

『**だから、サッカー、これからも頑張ってください**』

「…………」

「あの、どしたの二人とも？」

「え？　あ、ああ……いや」

「べ、別に……なんでもないわよ？」

「な、なぁ、英梨々、もう一度考え直してくれないか？」

「何度無理って言ったら諦《あきら》めるのよあんたは」

「俺、今までさんざん『これからくる』ジャンル教えてやったろ？」

「だから、なんだって言うの？」

「少しくらい恩返ししたってバチは当たらないと思わないか？　お前の家に俺の買ったゲームやアニメが何本あると思う？」

「あんたの流行《はや》りネタって萌《も》え系に偏《かたよ》りすぎててイマイチ大当たりしないのよね。もうちょっと広いジャンルをカバーできればもっと使えるのに」

「うわ、その上からな態度さすがっす」

「とにかく、あたし来月もイベントあるし忙《いそが》しいの。悪いけど……」

『**そして……もしよかったら、わたしを国立競技場へ連れてってください**』

「……っ」

「……っ」

「泣いてるの？　二人とも」

『これからは、沙○と一緒《いっしょ》に歩いて行こうと思う』

『こうして、俺の三年間は幕を閉じた』

「…………」

「…………」

「…………」

「終わった、わね……」

「ああ……」

「あ、外が明るくなってる」

※　※　※

そして翌朝……

「あ、おはよ、安芸くん……ふあぁぁぁ」

「…………」

教室に入ってきた加藤は、ごく自然に真っ先に俺に声を掛《か》けてきた。

土曜は一日中俺の部屋に閉じ込められ、日曜の早朝に眠《ねむ》そうに帰っていった加藤は、月曜の朝もその眠気をちょっと引きずっているようだった。

「あぁ……なに？」

「俺が言うのもなんだけど、めげないねお前」

というのもさることながら、まだ普通《ふつう》に俺に話しかけてこれるというのがすごい。

もはや尊敬の域に達する菩薩《ぼさつ》加減だ。俺なら俺のことシカトするね。

「ま、いきなり外泊《がいはく》はまいったけどね～。夜中に一度家に連絡《れんらく》はしたけど、それでもお母さんに色々聞かれたよ」

「そりゃそうだろ」

聞かれなきゃ親子断絶を疑うレベルだ。

「まぁさすがに本当のこと言ってても信じてもらえないだろうから、ちょっとだけ脚色《きゃくしょく》しといたけどね」

「何て言ったんだよ？」

「澤村さんの『いる』ところに泊《と》めてもらったって」

「……微妙に詭弁《きべん》くさいが嘘《うそ》はついてないな」

加藤と英梨々は、日曜の午前七時に一緒に俺の家を出て行った。

つまり、加藤が俺の部屋に泊まったときには常に英梨々が『いた』わけで。

「で、あの高台の豪邸《ごうてい》が澤村さんの家だって教えたらびっくりしてた」

「……お前、何気にいけない子だな」

全然関係ないけど嘘のない事実を語ることで、相手に絶妙《ぜつみょう》な勘違《かんちが》いをさせるとは、詭弁の冴《さ》えが半端《はんぱ》ない。

「にしてもさ、結局、徹夜《てつや》したのに何の進展もなかったね」

「サークルができた後のことを暗示してるとか言うなよ？」

「あはは、ありうる。合宿とか言って集まっておきながら結局遊んでばかりとかね～」

「言うなと言ったそばから」

「あ～、でもなんだかんだ言って結構楽しかったよあれ」

「そっか、それはなにより」

「デートしてるうちにだんだん本気になってきてさ、プレゼント何あげたらいいのかって真剣《しんけん》に悩《なや》んでたり……そのせいで最後、告白されたときは結構感激したなぁ」

「……それはよかったな」

「どしたの安芸くん？　なんかキョドってる？」

「い、いや……」

うん、確かにキョドってる。

さっきから、加藤の台詞《せりふ》を誰《だれ》かが聞きとがめてないか結構気が気でないから。

『外泊』『徹夜』『デート』『プレゼント』『真剣』『告白』……

いい具合に誤解を招きそうなキーワード満載《まんさい》の台詞がそこそこの声量で辺りにまき散らされている。

わざとか？　わざとなのか？　既成《きせい》事実が欲《ほ》しいのか？

お前、俺に気があるのか加藤⁉

「……異常、なし」

「何が？」

始業前の教室には、俺たち以外にもクラスの半分以上の生徒がいた。

加藤の迂闊《うかつ》な台詞は、少しでも注意を向ければ五人以上の耳には届いていたはずだ。

なのに……

「ほんっと、何もなし」

「だから、何が？」

そりゃ、俺は誰もが認めるオタクで二次元好きで、クラスで一番リアルと縁《えん》のない人間だというのは認める。

だから俺はいいよ？　けど、それにしたって加藤ェ……

「もういい、そろそろ授業始まるぞ、席に戻《もど》れよ」

「なんか変なの～……あ」

可愛《かわい》くて、気さくでいい奴《やつ》で、しかも結構お洒落《しゃれ》な女の子なんだがなぁ。

『気軽に付き合うんだったらこういうコがいいな』ランキングではかなり上位に来てもおかしくないはずなのにこの注目度。

まだまだメインヒロインへの道は険し、か。

だが見てろ、いつか必ず加藤を世界の、いや日本の、いや業界の……ていうかせめて校内のメインヒロインに……

「め、恵《めぐみ》、恵っ！」

「ちょっとあんた、どういうことなの！」

「すっごいじゃん、なんでぇ？」

そう、こんなふうに……

「よかった、やっと見つけたわ……加藤恵さん」

「……澤村、さん」

「って、え？」

いつの間にか、俺と加藤の周りはクラスの半分以上の生徒に囲まれていた。

そう、めっちゃ注目されてた。

とうとう加藤に、皆《みな》の視線が集中……

「昨日はこちらがお礼を言う間もなく帰ってしまうんですもの。探すのに苦労したのよ？

……なんてね、あなたのクラスを知らない私が薄情《はくじょう》なのよね、ごめんなさい」

「え？　え？」

してなかったし。

加藤の目の前には、透《す》き通るほどにきっちりと整えられ、『金髪《きんぱつ》といえばこれでしょう』とばかりにあざとく結《ゆ》わえられたツインテール。

さらに女子たちの憧《あこが》れの白磁のような肌《はだ》。男どもの噂《うわさ》に上る澄《す》んだ青い瞳《ひとみ》。

俺以外には通常バージョンの、俺にとっては完全擬装《ぎそう》の英梨々がそこにいた。

「え～、なに恵？　昨日、澤村さんと何かあったの？」

と、これだけの注目を浴びた加藤に、当然のように周囲のクラスメイトが興味津々《しんしん》で問いかけてくる。

「あったもなにも……お泊《と》ま」

「ハンカチを貸して下さったの！」

「～っ⁉」

「あ、安芸くん？」

英梨々の奴……何故《なぜ》俺の足を踏《ふ》む？

迂闊なこと言いそうになったのは加藤の方で、俺は一言も喋《しゃべ》ってない上に周囲の注目から完全に外れているってのに。

……ああ、注目されてないから加藤以外にはバレないって理屈《りくつ》か。

「私、ちょっと不注意で怪我《けが》をしてしまって……そしたら通りかかった加藤さんがわざわざ立ち止まって手当をしてくれて……」

「へ～、そんなことあったんだ～、すごいじゃん恵！」

ちょっと待て、何がすごいんだよお前ら。

英梨々に対する反応がおかしすぎるだろ。

よそのクラスの人間が堂々と教室に入ってきたら普通は敵意剥《む》き出しの視線でお出迎《でむか》えするもんだろ！

これじゃまるで……メインヒロインじゃないかよ。

「本当に加藤さんには親切にしていただいて……」

「あ、えっと、たんこぶ大丈夫《だいじょうぶ》ですか？　ごちんってすごい音」

「バラのトゲで手を傷つけてしまったの！」

「〜〜〜っ!?」

「あ、安芸くん？」

と、そんな猫《ねこ》かぶりメインヒロインのトウキックがすねに命中した。

周囲に一〇人以上いるのに、どうして誰も俺の惨状《さんじょう》に気づかない？

「通りのお宅の庭で綺麗《きれい》なバラを見つけて、つい触《ふ》れようとしたら……そうよね？　そうだったわよね加藤さん？」

「え、あ、え〜と……」

……いや、本当はわかってる。これはマジシャンの手口だ。

金髪を揺《ゆ》らしたり、髪《かみ》を手でかき上げたり、必要以上に笑顔《えがお》を振《ふ》りまいたり……そうやって皆の視線を自分の上半身に集中させることで、足技仕掛《しか》け放題の状態を作り出しているんだ。

……本当に、妙《みょう》な虚栄心《きょえいしん》を守るテクニックだけ無駄《むだ》に向上しやがって。

「あのときのハンカチ、とても助かったわ。それで、お礼と言ってはなんだけど……これ、受け取って欲しいの」

「え、いえそんな……」

英梨々から加藤の手に渡《わた》されたのは、チェックのリボンだった。

「私のお買い物のついでに見繕《みつくろ》ってきたの。安物なんだけど……」

「は、はぁ……」

いや、俺は知っている。

あれは確か、スペンサー家が昔から贔屓《ひいき》にしている英国の高級ブランド品だ。

小学生の時に一度だけ、英梨々が両親に駄々《だだ》をこねて、学校帰りに遊びに来ていた俺まで『お買い物』に連れ出したことがある。

あるんだが……あろうことか、そのショップには五桁《けた》を下回る商品がなかった。

スペンサーのおじさんに『どれでも好きなのを一個選びなさい』と言われてパニックに陥《おちい》って泣き出した黒歴史が脳裏《のうり》に蘇《よみがえ》ってきたぜ……

「ね、加藤さん、今度美術室に遊びに来ない？」

「え、どうして……」

「あなたともっとお話がしてみたいし……ちょっとだけ、モデルをお願いしたいって気持ちもあるかな？」

「モ、モデル？」

「ええ、今度の展覧会のね」

「うわぁ、すごい恵！」

「ほんっと、澤村さんの絵のモデルに誘《さそ》われるなんてありえないよ！」

「もうヌードモデルでも許しちゃうレベル！」

「ふふ、もちろん服は着たままでいいから。ね、考えてみない？」

ちょっとだけイタズラっぽい、けれど上品な笑顔のまま、英梨々が加藤に近づく。

周囲の人間たちには、それは二人の心の距離《きょり》が縮まった、友達になった合図のように映ったかもしれない。

けれど、英梨々のこの行動は、多分……

「さ、澤村さん、あの、これは一体……」

「だからね、加藤さん、昨日のこと……」

『バラシタラユルサナイワヨ？』

「〜〜〜っ!?」

そのかすかな恫喝《どうかつ》の吐息《といき》は、加藤の息を呑《の》む音にかき消されて周囲には届かなかった。

直接ささやきかけられた加藤と、英梨々の唇《くちびる》の動きを読み取った俺以外には。

「じゃあね。いつでも歓迎《かんげい》するからね……恵さん？」

最後に、やっぱり少しだけイタズラっぽい、謎《なぞ》めいた微笑《ほほえ》みを残して、英梨々は優雅《ゆうが》に教室を去っていった。

「…………」

「おい」

「…………」

「加藤、加藤ってば」

「……はっ!?」

「……大丈夫かよ、おい」

英梨々が去ると、すぐに担任が入ってきてホームルームが始まった。

そしてさらに数分後、担任が去り、教室移動で生徒たちも出て行った後も、加藤は呆然《ぼうぜん》と席に座ったまま、立ち上がることができずにいた。

「あ、安芸くん……なんなのあれ？」

「なんなのも何も……週末にパジャマパーティで語り合ったお友達だろ？」

「わたしパジャマ着てなかった……安芸くん持ってこいって言わなかったし」

「落ち着け、論点がずれてる」

ていうか持ってこいって言われたら覚悟《かくご》してきたのかよお前は。

「でも、どうしてわざわざ教室に？」

「あまりにも正体を知られすぎたからな。監視下《かんし》においておく必要があると判断したんだろ、きっと」

「えっと、わたし保護観察扱《あつか》い？」

「執行猶予《しっこうゆうよ》じゃね？」

「未成年なのに⁉」

お互《たが》いショックのあまりボケもツッコミもキレがない。

何故《なぜ》か意味だけは繋《つな》がってしまったけど。

「わたし、澤村さんには勝てそうにない……」

「いや、あんな変なふうに立ったキャラに勝たなくてもいいから」

昔は泣き虫で可愛い幼なじみだったのに……どうしてああなった。

「怖《こわ》かった……あの瞬間《しゅんかん》、本当に怖かったんだよ、安芸くぅん」

「ちびりそうになった？」

「う……女の子にそんなふうに聞く？」

「ああ、悪い、さすがに調子に乗った。忘れてくれ」

「ま、まぁ、確かにそんな感じだったけどね……」

「惜《お》しかったな、エロゲーならおもらしは萌《も》え属性だが、さすがにギャルゲーでそこまで表現するのは御法度《ごはっと》だ。イベントとしては使えない……」

「……澤村さんは思ったよりアレだったけど、安芸くんは思った通りアレだよね？」

こうして原画家選びはめでたく振り出しに戻《もど》った。

第五章　どうせ私は、誘《さそ》い受けの女

　で、またしても土曜日。

　というか、四月の末の特別な土曜日。世に言うゴールデンウィーク突入《とつにゅう》記念日。

「おはよ……ふあぁぁぁ～」

　加藤《かとう》は、集合場所である駅前にまたしても三分ほど遅《おく》れて、けれどちゃんと来るという、突《つ》っ込《こ》みどころの少ない登場の仕方で現れた。

「なんか眠《ねむ》そうだな」

「二時間しか寝《ね》てないよ～」

「睡眠《すいみん》時間の短さを自慢《じまん》するな、なんだかムカつく」

　その表情には、今日のこの日が楽しみで眠れなかったというような高揚感《こうようかん》は、ない。

「さてと、切符《きっぷ》買おっか。どこまでだっけ？」

「和合《わごう》市」

「って、隣の県じゃない。うわ切符たっか」

「遠出するって言ったろ昨日」

「にしても、電車で一時間以上かけて二人でお出かけって、なんかデートみたいだね」

「違《ちが》うぞ」

「まあね」

と、いかん、素《す》で何のてらいもなく否定した。

しかも向こうもまるで気にするそぶりを見せずに同意するし。

本当、なんていうか、ある意味理想的な友達関係だ。

あるいは倦怠期《けんたいき》に入ったカップルというか。まだ付き合い始めてもいないのに。

「さてと、まだ電車まで時間あるからコンビニ寄ってくるね」

「トイレも済ませておけよ。移動時間長いからな」

「それも含《ふく》めてコンビニって表現したのに無粋《ぶすい》だよ」

「無粋だと思うならネタばらしすんなよ……」

と、浮《う》き足立つでもなくいつも通りの足取りで歩く加藤の後ろ姿を眺《なが》める。

白のタンクトップに明るいグレーのパーカーを羽織り、ヒラヒラのキュロットから覗《のぞ》く脚《あし》は、肌色《はだいろ》のストッキングに包まれていた。

今日も、先週と違うコーディネートか。

本当こいつ、結構服持ちなんだよな。

まぁ、確かにお洒落《しゃれ》なのは認めるが、二次元的には服をころころ替《か》えるとキャラクター性が薄《うす》れるんだよなぁ。しかも立ち絵差分増えるし。

だからここはあえて制服で来て『え？　遠出する場合は休日でも制服着るのが常識でしょ？』とか真顔で言っちゃう超真面目《ちようまじめ》っ子の方がユーザー的にも開発者的にもポイント高いと思うんだけどどうだろう。

……なんてことを考えるゲームオタが相手じゃなければよかったのにな、加藤。

「へぇ、ちゃんと最後まで読んできたのか」

「だから眠いんじゃない。安芸《あき》くんが貸してくれた本、全部で五冊もあったんだもん」

「お前、本当に付き合いいいよな」

「なんてね、面白《おもしろ》くって寝る間もなかったよ。薦《すす》めてくれてありがと」

「そ、そうか…っ！」

和合市へと向かう電車の中、加藤はそう言って眠そうに微笑んだ。

その手には、昨日俺が渡した『恋するメトロノーム』の第一巻。

昨日のサークル活動のとき、連休中の課題図書として渡したものだった。

「ラノベって完全男の子向けかと思ってたけど、女の子が読んでも泣ける作品だよね、これ」

「だよな！　やっぱ泣けるよな！」

「この間のギャルゲーもそうだったけど、食わず嫌《ぎら》いはよくないなぁって……まぁ、もうちょっと表紙とか手に取りやすいものにしてくれると助かるけど」

「か、加藤っ、お前って奴《やつ》は、やっぱり……」

せめて一巻くらいは読んで、今日までにこの作品の価値を理解してもらいたかった俺にとって、加藤の反応は予想をはるかに超《こ》えて理想的なものだった。

「だから悪いんだけど、返すのゴールデンウィーク明けでいいかな？　もう一度、今度はゆっくり読んでみたいなって思っちゃって」

「いいっていいって！　というか別に返さなくたっていいから。どうせ加藤に渡《わた》したのは布教用だし、読書用と保存用にあと二セット持ってるから」

「そ、そう？　まぁ、また買う必要ないなら、ありがたくもらっちゃおっかな？」

「いやもちろん買うぞ？　布教用が減ったら補充《ほじゅう》するのは当然だろ？」

「そ、そう……ありがと」

と、加藤は少し呆《あき》れたようなひきつった笑みを浮かべた。

どうやらまだ、布教が成功したときの信者の気持ちをわかっていないようだ。

「で、どんなところがよかった？　いや悪かったところも含めて感想聞かせてくれ」

「あ、うん、ええとね、そうだなぁ、何から話そうかなぁ」

「早く！　読後の熱が冷めてない時の生の声が一番重要なんだよ！　さあ語るんだ！」

「あ、安芸くん……？」

自分の好きな作品について語り合える仲間が増えたことの喜びに比べたら、たかが数千円の散財の、なんとちっぽけなことか……

「いや〜、あっという間に着いたなぁ、和合市」

「……そりゃ、安芸くんにとってはそうだろうね」

などと言いながら電車を降りた加藤は、朝よりもさらに疲《つか》れたような表情をしていた。

やっぱ寝不足が祟《たた》ったんだろうか。もしかしたら電車に酔《よ》ったのかもしれない。

少し顔色も青い。

「で、話は変わるけど、三巻の告白シーンからの流れ！　あれ神ってたよなぁ！」

「まだ語るんだ……ていうか全然変わってないよ話」

「でも思わなかっただろ？　まさかあのコが三角関係に割り込んでくるなんて」

「思わなかったよ……この話題が一時間続くなんて」

「いや、語ろうと思ったら三日三晩だってできるけど?」

「わたしやっぱり一生かかっても安芸くんのようなオタクにはなれないよ」

この弱気、やっぱり結構疲れているみたいだ。

「そんなこと言わずにテンション上げてこうぜ? 何しろ今から行くところは、ある意味聖地なんだからな!」

うん、こういう時こそ男が引っ張っていかないと。

そういった細かな気配りがリア充《じゅう》の秘訣《ひけつ》なんだろうな、多分。

「聖地って……あれ、そういえば」

「お、気づいた?」

と、駅の出口を抜《ぬ》けて見上げた景色に、加藤は少し息を呑《の》む。

そこは、初めて来た人にとっては何の馴染《なじ》みもない、ありふれた駅前繁華街《はんかがい》にしか映らないはずの場所だった。

けれど、『恋するメトロノーム』の読者にとっては、また違う感慨《かんがい》を抱《いだ》かせる場所だった。

「ここだったんだ……」

なぜならそこには、一巻を開いて最初に目に飛び込むカラー口絵の風景が広がっていたのだから……

「この駅前公園のベンチが、最終回のキスシーンの場所だろ？」

「あ、そっか、ちょうどこっから見た構図なんだ」

と、加藤は俺が開いた五巻二一一ページの挿絵と見比べる。

「で、あそこにあるバーガー屋が、二巻で初めてヒロイン二人が遭遇《そうぐう》した場所だろ？」

「それは絵を見ただけじゃわからないと思うんだけど……」

「確かにな、けれど情報は何も挿絵の中にだけ埋《う》まってる訳じゃない」

「てことは……」

「このシーンの後、二人は横断歩道を渡ってすぐに駅にたどり着いてるだろ？　つまり駅から道を挟《はさ》んだところにあるこの店しか条件を満たせない！」

「……よくもまぁそんな細かいところまでチェックしてるもんだね」

と、加藤は俺が開いた二巻一四八ページの文章を見もせずに呟《つぶや》いた。

おい、ちゃんと確認《かくにん》しろよ。

「で、こっからが本題だが……通りの先に見えるあの本屋」

「あ、そっか……それじゃ、あれが一巻の？」

「そう、主人公とメインヒロインが運命的な出逢《であ》いをする帖文堂《じようぶんどう》書店……今日の目的地はあそこだ！」

と、俺は加藤に、一巻四八ページと、そこに挟んである二枚のチケットを見せた。

これこそが、今日の最後にして、一番の目的である……

「でも結局その彼女とは別れちゃうんだけどね」

「……まぁな」

二巻から現れたもう一人のヒロインを主人公が選ぶという衝撃《しょうげき》の展開は、最終巻発売時にネットでも結構物議を醸《かも》したという……

「なぁんだ、サイン会があるんならちゃんとそう言ってよ」

と、加藤は帖文堂書店の三階イベントフロアの行列に並びつつ、俺に渡された整理券をまじまじと見つめた。

そこには今日の日付と、『恋するメトロノーム最終巻発売記念　霞詩子《かすみうたこ》先生サイン会』の文字が、ワープロで一時間かけて適当に作りました的なシンプルなデザインで印刷されている。

いかにも、普段《ふだん》からイベント慣れしていない中小書店の仕事だ。

「いや、マジでそこまでハマってくれるとは思ってなかったんで断られるかと……」

「ていうか、『だから目的も言わずに連れ出してしまえ』ってどういう論理？」

「いや、その方が説明するより手っ取り早いじゃん？」

「……もうちょっと三次元の女の子も二次元並みに大事に扱《あつか》って欲しいなぁ」

「う、うむぅ」

なんだか少しだけ拗《す》ねられてしまった。こんなはずじゃなかったのに。

こうなったら『お、お前だから適当に扱ってるんだよ！』などと頬《ほお》を赤らめそっぽを向きつつ呟くのはどうだろう？

……いや、幼なじみや悪友ポジションならそれがフラグにもなろうが、出会って一月《ひとつき》に満たない相手にそれだと単なるサブキャラ認定に過ぎないな。

まぁでも、加藤だし……

「にしてもよく取れたよね整理券。しかも二枚も」

「そりゃ、二人分の電車賃と昼飯代かけたからな。あと往復の三時間も」

「わたしサイン会とか初めてだけど、やっぱり自分が楽しめた作品を作った人に会うってテンション上がるよね。ありがと」

「だよな～！」

なんという物わかりのいい奴……ほんと、無駄《むだ》な安心感に満ち溢《あふ》れまくり。

「それでさ、この霞詩子先生ってどんな人？　安芸くん知ってる？」

「あ、ああ……前にも二巻発売の時にここでサイン会があってな」

「やっぱり名前通り、女の人？」

「……まぁな。どうせすぐわかる」

「読み終わった後、『霞詩子』で検索《けんさく》かけてみたんだけど、一番上に出てきたのが個人のファンサイトでさ、本人はブログやツイッターとかやってないみたいなんだよね」

「……そう」

「どしたの？　熱っぽい？」

「いや、ま……どうせすぐネタは割れるんだから別にいいんだけどさ」

「？　安芸くん？」

突然《とつぜん》頬《ほお》を赤らめそっぽを向きつつ呟く俺を、加藤が怪訝《けげん》そうな顔をして見上げる。

まぁ、確かに三次のキモオタが突然ツンデレに目覚めてもキモいとしか言いようがないんだが。

「……そろそろ、始まるぞ」

「あ、本当だ」

などと話しているうちに、予定開始時刻の一一時半を過ぎたらしく、フロアに店員らしき中年女性が現れた。

その、やはりイベント慣れしていなさそうな店員の、五分ほどの退屈《たいくつ》な注意事項《じこう》なんかの説明が終わると、フロア奥の仕切りが開き、拍手《はくしゅ》とともに霞詩子先生が登場する。

そして、その姿は……

「……全然見えないよ安芸くん」

俺と同じ種類《キモオタ》の人の壁《かべ》に阻《はば》まれた加藤には、未《いま》だに届いていないようだった。

「……大丈夫《だいじょうぶ》だ、サインしてもらうときに直接対面できる」

一応、加藤より頭ひとつ抜けてる俺の目には、その作家の姿はとうに映ってはいたけれど、その様子をあえて事細かに実況《じっきょう》するようなことはしなかった。

そう、ちゃんと加藤自身の目で確かめてもらうこと……

それこそが、今日の一番の目的にして、最後のネタ振《ふ》りなんだから。

つまり……

「……倫理《りんり》君？」

「え？」

「ども、ここではお久しぶりです……それと、何度も言うけどそのあだ名やめて」

「霞ケ丘《かすみがおか》……先輩《せんぱい》？」

「いや、霞詩子先生……ここではな」

こういうことで……

俺の順番が回ってきたとき、詩羽《うたは》先輩と加藤の間の世界が一瞬《いっしゅん》停止した。

※　※　※

「じゃあ改めて、こちらが三年C組霞ヶ丘詩羽先輩」

入学以来、一度も一位の座を滑《すべ》り落ちたことのない豊ヶ崎《とよがさき》学園始まって以来とも言われる秀才《しゅうさい》。

「あと、ペンネームを霞詩子先生」

処女作の『恋するメトロノーム』全五巻は今や売り上げ五〇万部超《ご》えを誇《ほこ》る新進気鋭《きえい》の現役《げんえき》女子高生人気ラノベ作家。

「で、こっちが二年B組加藤恵《めぐみ》」

その他特記事項なし。

「それじゃあ、これで紹介《しょうかい》も済んだことだし、あとはざっくばらんに……」

というわけで、ここは原作二巻一四八ページのハンバーガーショップ。

「…………」

「…………」

「を～い」

ついでにこの気まずい雰囲気《ふんいき》も二巻一四八ページの状況《じょうきょう》ほぼそのまま。

違《ちが》うのは、あのシーンには主人公がいなかったことで……くそう、いいなぁ主人公。

「ちょっとちょっと安芸くん……」

と、その空気に先に耐《た》えられなくなった加藤が、正面ではなく横に囁《ささや》きかける。

「いやだから俺に話しかけてもしょうがないだろ」

「けど、それにしたっておかしいよ」

「まぁ、確かにこの人の経歴の異常さは俺も認めるところではあるけれど、それを本人の前で言っちゃ失礼だろ」

「おかしいのは安芸くんの方だよ」

「だからそいつの異常さを本人の前で言っちゃ駄目《だめ》だって言ってるのに～」

なんて空気の読めない奴《やつ》だ。俺が可哀想《かわいそう》だとは思わないのか。

「人気イラストレーターに売れっ子作家とか……安芸くんの周りって、なんでこんな人たちばっかりなの？」

「いやほら、そこに何の特徴《とくちょう》もない加藤がいるからきちんとバランス取れてるじゃん」

「この際わたしのことはどうでもいいから。ていうか無理やりわたしをオチに使わなくていいから」

いや、無理やりじゃなくてきっちりハマってるからなんだけど。自分のキャラの弱さを過小評価してるぞ加藤。いやこの場合は過大評価か？

「こんなすごい人たちを使って同人ゲーム作ろうとか言ってたの？　それって逆の意味で無茶だよ」

美術部のお嬢様《じょうさま》と学年一位の秀才のコンビだと役者不足。

人気同人イラストレーターと売れっ子商業作家のコンビだと役不足。

……日本語、難シイネ。

「けど俺、他に絵や文章書けそうな知り合いいないし」

「なんかそれ、武器が核《かく》ミサイル二発しかない軍隊みたいだよ」

「けどその二発で敵を全滅《ぜんめつ》させられたらんほおぉぉぉっ!?」

「うわっ？」

最低のクズに陥落《かんらく》させられたような俺の叫《さけ》び声に、年収の低さを嘆《なげ》くような加藤の驚《おどろ》きの声が重なる。

まぁそれらの喩《たと》えにはまるで意味はないんだけど、俺が言いたかったのは……

「……いつまでイチャついてるのよ。昔の女の前で」

「イチャついてると思うならそういう誤解を招く行為《こうい》はやめて！　あとそういう迂闊《うかつ》なデタラメ言うのもやめて！」

気配を消して加藤の反対側、つまり俺の右横に回り込み、いきなり耳に息を吹《ふ》きかけるという詩羽先輩の常軌《じょうき》を逸《いっ》した行動についてだった。

「ていうか、こんなところまで何しに来たの倫理君？　今の彼女をそんなに見せびらかしたいわけ？」

「だからぁ、あんたこの街じゃ結構有名人なんだから」

「大丈夫よ、誰《だれ》も気にしてないから。例えばほら、窓際《まどぎわ》にいる三人組の男子、確かサイン会のとき最前列にいた人たちだし」

「それ一番大丈夫じゃないサンプル抽出《ちゅうしゅつ》してますよね？」

うわ、固唾《かたず》を呑《の》んでガン見されてる……

「けど、そうやって男関係の乱れで話題になった方が作家としての売りになると思うんだけどどう？」

「もうそれってファンタスティック大賞じゃなくて直木《なおき》賞狙《ねら》ってますよね!?」

この俺ですら戦慄《せんりつ》するほどの邪悪《じゃあく》な虚言《きょげん》暴言……これまたなんという強属性。

しかし目の前のこの人は、どっかの英梨々《えりり》とは違ってどこへ飛んでいくのかわからない危《あや》うさまでも備えている。

まぁこの場合、逆にアクの強すぎるキャラについていけなくなるというジレンマを抱《かか》えてはいるんだけど。

「それでいて実は処女でしたとかいうと一気に萌《も》えキャラ扱いされたりしない？」

「不自然な処女は叩《たた》かれるからマジで。てゆうかそれどうやって証明すんの⁉」

ほら、こんなふうに。

「ね、ねぇ、安芸くん？」

「加藤……お前が今までどういう印象を持っていたか知らんが、今、目の前にいるこの邪悪な人こそが間違いなく霞ヶ丘詩羽先輩本人だ」

「え～わたしそこまで酷《ひど》いこと思ってない」

「でも自分の持ってたイメージとのギャップは感じたろ？」

「そ、そりゃ、まぁ」

その証拠《しょうこ》に加藤の表情がフラットになっている。

色々とツッコミどころを抱えたときのこいつの特徴……つまり、加藤恵というキャラが立つ、数少ない瞬間《しゅんかん》だ。

……しかし無表情キャラで売ろうにも、目の前にいる毒舌上級生の足元にも及《およ》ばないのが痛いところだ。

「だって霞ヶ丘先輩って下級生の間じゃ伝説的な存在だし、噂《うわさ》レベルくらいでしか知らなかったから……」

「うんうん、それが実は口と性格が壊滅《かいめつ》的な嘘《うそ》つき愉快犯《ゆかいはん》だったなんて夢にも思わなかったんだよな」

「どうやら私に口汚《くちぎたな》く罵《ののし》られるのに飢《う》えていたのね倫理君。ほんっと、昔っからのドM気質は変わらないんだから」

「ほらこんなふうに！」

普段《ふだん》は無口で物静かだけど、それは単に喋《しゃべ》るのが面倒《めんどう》くさいだけで、ひとたび口を開けば問題発言か爆弾《ばくだん》発言か下ネタしか出てこない。

作家という身分は隠《かく》しつつ、けれどその黒い性格は剝《む》き出しのまま。

遠くから眺《なが》めるだけな下級生の間では憧《あこが》れの、近くにいるせいで切り裂《さ》かれる同級生や教師の間では恐怖《きょうふ》の象徴《しょうちょう》。

それが……

「それがまさか、安芸くんの元カノだったなんて」

「俺の言葉を少しでも信じてくれたらそういう結論にはならないと思うんだよ加藤」

「で、結局なんで来たの？　わざわざ昔捨てた女のところに」

「だからもういい加減元カノネタやめようよぅ先輩《せんぱい》」

そういう昔の因縁《いんねん》ありっぽいヒロイン造形はゲームバランス崩《くず》すからギャルゲーでは扱《あつか》いが難しいというのにこの人は……

「って、例のギャルゲー企画《きかく》のリベンジよねどうせ」

「なんだ、ちゃんとわかってるんじゃないですか」

「何しろ、どんなことに対しても粘《ねば》り強くて諦《あきら》めが悪いところが、あなたの最大の欠点にして致命《ちめい》的な短所ですものね」

「それどっちか片方は長所とか美点とかを入れるのがルールじゃないっすか？」

しかもその台詞《せりふ》を『しょうがないわねぇ』的な微笑《びしょう》とともに言われてもすっげぇ微妙《びみょう》。

「だいたい、それならそれでわざわざこんなところまで来なくても……」

「そりゃ、実のところ目的の半分はサイン会でしたから」

「え……」

と、俺は待ってましたとばかりにポケットから小さな紙包みを取り出す。

「先輩、恋するメトロノーム完結おめでとうございます……足かけ一年半、お疲《つか》れさまでした」

「あ……りがと」

と、俺のこの祝福の言葉に、少しばかり失礼な気もするが先輩は意表を突《つ》かれたらしく、ちょっとばかり素《す》で照れたような表情を見せた。

こういうちょっとした仕草は、普段の無愛想があるせいでちょっとどころじゃなく可愛《かわい》く見えてしまう。

が、その程度のギャップに騙《だま》される奴は救いようのないギャルゲー脳だ。俺のように。

「……って、なにこの微妙な造型の美少女フィギュア？」

「いや、一番くじ二枚引いたらC賞ダブったんで」

「……そう、ありがとう。大事にしまっておくわね」

「って言ってるそばからキャストオフするのはどうして？」

けど次の瞬間、先輩はすぐ表情を引き締《し》めてくれたのでこれ以上惑《まど》わされずに済んだ。

「あ、あの、霞ヶ丘先輩……じゃなくて」

「……先輩の方でいいわよ。ええと、加藤さんだったかしら？」

と、そんな殺伐《さつばつ》とした状況のフォローに入ったつもりなのか、それともあまり深く考えていないのか……まぁ、多分後者の加藤が、ちょっとばかり勇気を振《ふ》り絞《しぼ》って詩羽先輩に話しかける。

「最終巻発売おめでとうございます。わたし昨日初めて一巻から読み始めたんですけど、面白《おもしろ》くって一気に全部読んじゃって」

「ありがとう、五冊程度一晩で読めるくらい軽くて内容薄《うす》いって褒《ほ》めてくれて」

「それ褒め言葉じゃない上にそもそも言ってもいないから」

「え、えっと……今日はサインありがとうございました」

「あ、え、ええ……」

「実はわたし、サインとかもらうの生まれて初めてで……だから大切にしますね？」

「加藤さん……」

と、そんな皮肉にもめげずに、意外なほどまっすぐ話しかけてくる加藤に、珍《めずら》しく詩羽先輩の方が少し押され気味になる。

けれど……

「悪いけど、その本、返して」

「え、そんな、どうして……」

「先輩、いくらなんでもそれは……」

それでも加藤のその言葉は、詩羽先輩の心を掴《つか》むことができなかったのか……

「やっぱり書き直すから。だからちょっとだけ返して、ね？」

「え、書き直すって、なにを……？」

「って、なにこのサイン⁉　ミミズがのたくったような字で気づかなかったけど、よく見たら『がとーしょーじ』って書いてるじゃん！」

ついでに俺のサイン本をよく見てみたら、『ぶりき』って書いてあるじゃん……

「まぁ、それはともかく」

「それはともかくじゃね〜よ！　知り合いに見せびらかして恥《はじ》かくところだったわ！」

口だけじゃなく手癖《てくせ》もこんなに邪悪だったとはさすがに気づいていなかった。

「ありがとうね。こんな売れない作家のサイン会なんかにわざわざ来てくれて」

またそんな全然思ってもないことをいけしゃあしゃあと……

「そんなことないですよ。今日だってたくさん人来てたじゃないですか」

「そ、そう？」

「あ、ああ」

と、自虐《じぎゃく》ネタとわかりきってる俺なら適当に流すところでも誠実に反論する加藤は思ったよりも純粋《じゅんすい》でいい奴《やつ》だった。

まぁ、ただ単に詩羽先輩のネタ振《ふ》りについてこれてない可能性も否定できないけど。

「それに、ネットでもすごく盛り上がってるみたいだし」

「ああ、二人のヒロインの派閥《はばつ》に分かれてお互《たが》いを叩き合ってるみたいね」

そりゃ、あんなギリギリの三角関係を書いたあんたのせい……

「いえ、作品自体もすっごく褒めてますって。ここ最近のラブコメじゃ一番って声も結構見かけましたよ」

「ど、どうも」

「お、おう」

いかん、加藤の殺さずちぎる褒め言葉を聞くたびに、詩羽先輩と俺の心の汚《けが》れが浮《う》き彫《ぼ》りにされてしまう。

「その中でも、すごく熱狂《ねっきょう》的なファンサイトを見つけて……ペンネームで検索《けんさく》すると一番に出てくるから先輩も見たことあるかも」

「ファンサイト……って」

「う……」

「そこの管理人のＴＡＫＩさんって人が書いた紹介《しょうかい》記事がもう熱くって……作品に対する

愛に溢《あふ》れすぎてるっていうか」

「そう、溢れてたんだ……」

「…………」

そして詩羽先輩は、ますます気まずそうにこちらをチラ見して。

「その人、主人公にシンクロしすぎてて、巻が進むたびにお気に入りのヒロインが変わっちゃうんですよ。なんか見てて笑えるくらいハマってて」

「そう、笑えるんだ……ふふふ」

「あ、あは」

「でも、そこまで熱くなれるものに巡《めぐ》り合えたんだってこと、なんだかちょっと羨《うらや》ましくもなるんですよね」

「そうねぇ、羨ましいわねぇ……ふふふ」

「あははは」

そして俺は、どうしようもなく乾《かわ》いた笑《え》みを浮かべるしかなかった。

「そんなふうに、読者にそこまで入れ込ませるってのが、この作品にパワーがある証拠じゃないですか……あ、これも管理人さんの受け売りなんですけどね、あはは」

「ふふ、ふふふっ」

「あは、あはは、あはははは、はっ」

「……そんなにおかしかったですか？　今の話」

「ううん、とってもいい話だと思うわよ？　ふふふっ」

「お、おかしくないおかしくない……あははははは、はぁ」

そう、本当に、いい話だった。

いつもの加藤に比べると、抜群《ばつぐん》に熱かったし濃《こ》かった。

そう、まるでオタクの語りみたいだった。それが褒め言葉かどうかはともかくとして。

……ただ、そのエピソードの前提が悲しいくらいにアレだっただけで。

「まだ最終巻の感想が上がってないのが残念だったけど。あのラストシーンを管理人さんがどう感じたのかなってのが興味あって……」

「ですってよ、倫理君」

「すいません最近ご無沙汰《ぶさた》してて……週明けには必ず上げますから」

「………………え？」

俺たちの居心地《いごこち》の悪さは、その瞬間、最高潮に達した。

「安芸くんのサイトだったの⁉」

「まぁ……」

管理人のTAKIってのが倫也《T》・安芸《AKI》というのはとても簡単な謎《なぞ》かけ……ていうか単なるローマ字表記じゃん。気づけよ加藤。

いや無理言ってるってわかってるけどこっちだって羞恥心《しゅうちしん》ってもんがあるんだよ。

「じゃ、じゃあ、霞ヶ丘先輩と安芸くんって、本当につきあって……」

「いや待てなんでそこに戻《もど》る？」

「けど安芸くんって、つまり霞ヶ丘先輩の一番のファンってことだよね？」

「熱狂的なファンだったら作者と付き合えるってそれオタクの妄想《もうそう》だよ！」

「でも、そこにリアルな知り合いって設定が付加されるとリアリティ増すと思わない？

『それ何てエロゲー？』みたいな」

「自分を巻き込んだ状態で煽《あお》らないでよ先輩……」

ていうかエロゲーだったらやっぱりオタクの妄想じゃん。

あと、仮にも作家なんだからリアルリアリティやめようよ。

「でも、聞けば聞くほど過去に何かありそうな雰囲気《ふんいき》が漂《ただよ》ってくるのは気のせい？」

「過去にあったことなんてちょっとだけだから！　ちょっと作品にハマって、ちょっとサイト立ち上げたら、ちょっと作者が同じ学校の一年先輩だっただけだし」

「ああ、初めての時も確かに似たようなこと言ってたわね。先っぽだけって」

「先っぽも入れてないよ⁉　じゃなくて言ってないよ！」

もはやどっちを向いて防御《ぼうぎょ》に専念すればいいのかわからないぞおい。

「こんなふうにいざとなったらヘタレるのよね、オタクの男の子って。あなたも気をつけた方がいいわよ？」

「あの、それじゃやっぱり？」

……というより明らかに右からの攻撃《こうげき》の方が重い。

おかしい、立場は俺と同じはずなのになんでこうなる？

「恋愛《れんあい》モノ作ってると、やっぱり色々そっち方面のネタの蓄積《ちくせき》が必要になるじゃない？こっちもそんなに人生経験積み重ねてる年でもないしね」

「そ、そういうものなんですか？」

「そんな時に、熱烈《ねつれつ》なファンだと名乗る男の子が目の前に現れて、自分について熱く語ったら、ついふらふらっとくるじゃない？」

「語ったのはあなたじゃなくてあなたの作品なんですぅ……」

これだから三次は嫌《いや》なんや……

「しかも、そんな男の子が運営するサイトの影響《えいきょう》で売り上げが三割は伸《の》びたって編集に聞かされたとなれば、そんなに後悔《こうかい》もないじゃない？」

「そ、そんなに影響力あったんですかあのサイト!?」

「なんか計算高くて嫌だそれ」

この後腐《あとくさ》れ感が最悪なんや……

「そんな感じで、こっちは完全ＯＫだったのにこの倫理君ときたら……」

「今ここにいるキャラクターは全員一八歳以上じゃないですから！」

やめて、もうやめて……これ以上はもう……

これ以上話がヤバい方向に進むと編集さんからストップがかかってしまう。

「そ、そもそも恋愛を描《えが》くのに処女や童貞《どうてい》が駄目《だめ》なんて方が都市伝説だから！　処女童貞の未経験ゾーンへの憧《あこが》れと理想と妄想の爆発《ばくはつ》こそが童貞のユーザーをどうしようもなく惹《ひ》きつけるんだから処女は知らないけど！　ヤリチンの冷笑《れいしょう》なんて相手にするだけ無駄《むだ》だから！　ついでに作者が処女だったらユーザーはもう一段上の妄想に浸《ひた》れて最高だから！」

あともしアニメ化されてヒロインの声優までもが処女だったらもう……っ！」

「安芸くん安芸くん、どこいくの……」

「そろそろ編集さんからストップがかかる頃合《ころあ》いね……」

これ以上はもう……っ。

「そんなわけで、加藤さんも気をつけなさい」

「え、何を……？」

「あなたに対しても半年くらいはちやほやするかもしれないけれど、来年になればすぐに別の女……というか、次のプロデュース対象に目移りするわよ？　この男」

「すいませんすいませんサイト更新《こうしん》しますからこれ以上デマ拡散しないで」

「最終巻だって一リットルの涙を流しつつ一〇回は読破したのにこの仕打ち……」

「まぁ、新しモノ好きだし、人を煽るの上手《うま》いし、馴《な》れ馴れしいし、しつこいし、ある意味優秀《ゆうしゅう》な同人ゴロなんだけど、それってつまり人間として最低って意味だし」

「同人ゴロ扱《あつか》いはいくらなんでもあんまりです……」

優秀な同人ゴロが人間として最低という見解にはまったく同意だけど。

「あ、あの、霞ヶ丘先輩《せんぱい》……」

と、今まで戸惑《とまど》い気味に俺たちの会話を聞いていた加藤が、やっとのことで口を開く。

「その、今回の安芸くんに限っては、そういうこと、ないんじゃないかなと……」

「か、加藤……っ」

しかも、俺への助け船を……

「どうしてそう思うの？　『だってわたし超《ちょう》愛されちゃってるし～、捨てられちゃった先輩カワイソ～（笑）』なんて確信できる根拠《こんきょ》があるの？」

「お願いだから色々と台無しにしないで……」

「いえ、そもそも安芸くん、別にわたしに興味持ってないし」

「お前にも言ってるんだよ加藤……」

漕《こ》ぎ出してくれたかと思ったらそんなことはなかったぜ。

「どうしてそう思うの？　『彼ってば、わたしにはいっつもそっけないふりしてるけど、それって照れ隠《かく》しもいいとこだよね～♪』なんて勘《かん》ぐったりしないの？」

「え、そうなの安芸くん？」

「その、素《す》で意表をつかれたみたいな反応やめて」

せめて『や、やだっ、なに考えてるのよこの馬鹿《ばか》！』みたいな表情して欲しいけど、まあ加藤だし……

と、俺はいつも通りの反応にほっとして、ついでに別のため息もつく。

「あの、加藤さん……」

「はい？」

けれど詩羽先輩にとっては、そんな〝いつもの加藤〟がちょっと意外だったらしい。

「じゃああなた、なんで彼の無茶振りにつきあってるの？　『君をヒロインにしたギャルゲーを作ろう』とか頭沸《わ》いてるレベルよ？」

「あの、先輩……いや、もういいです」

まぁ、だからといって口の悪さになにひとつ影響を受けないところが流石《さすが》だけど。

「まぁ、そこそこ面白《おもしろ》そうだったし、そこそこ暇《ひま》だったし」

「彼のゲーム作りにかける情熱（クスッ）に共感した？」

「なんで喋《しゃべ》ってる途中《とちゅう》でわざとらしく笑うんです？」

「そういう訳でもないけど、でも霞ヶ丘先輩や澤村《さわむら》さんほど悲観的でもないかなぁ？」

「彼の企画《きかく》、成功すると思う？」

「う〜ん、よくわかんないけど……でも、安芸くんの行動力なら、ひょっとしたら何か面白いことになるんじゃないかって気も」

「じゃあ……彼を信じてる？」

「え、安芸くんを？　なんで？」

「だからその肝心《かんじん》なとこで可愛《かわい》くキョトンとしないで」

せめて『え？　そ、それは……って馬鹿《ばか》じゃないの!?　信じられるわけないでしょ！　こんなアホでスケベなお調子者のことなんかっ！』みたいな表情して欲しいけど、まぁそれは加藤じゃなくても無理か。

「ねぇ倫理君。このコ脈なさそうよ？　こんな状態で『僕が君をヒロインにしてあげるよ……だから、後はわかるね？　フフフ』作戦が通用するの？」

「そもそも立ててないからそんな作戦」

「そっかぁ……だからこんなに挑発《ちょうはつ》しても反応しないのか。某《ぼう》幼なじみの方は思いっきりブチ切れたのにね」

「あの、つかぬことを伺《うかが》いますけど、その幼なじみって……」

「つかぬことなら伺わなくていいから！」

その時初めて俺は、両チームの選手にイエローカードを出さなければならない時の、主《しゅ》審《しん》のやるせない気持ちがわかったような気がした。

※　※　※

「すっかり暗くなっちゃったわね……」

夜八時を過ぎた和合駅前のビルの谷間に、ぽっかりと月が浮《う》かんでいた。

それは、『恋するメトロノーム』最終巻の三角関係に決着がついた夜のようで……

「ねぇ、倫也君」

「…………」

「……ともや君？」

「……………………えっ、あ、俺⁉」

今、反応が遅《おく》れたのは、月を見て感傷に浸っていたせいであって、決して今日初めて本名呼ばれたせいじゃないということをここに明記しておく。

「本当に、あのコをヒロインに仕立て上げるつもりなの？」

「それは……うん、まぁ」

行きのときと同様、コンビニに寄っている加藤を待つ間、俺と詩羽先輩は、今ここにいないメインヒロインの話題に花を咲《さ》かせる。

「彼女に恋《こい》をしたから？」

「え？　あ、ああ、うん、そうそう」

「……その、ものすっごいおざなり感がとても不安を煽るんだけど」

「いや、確かに最初は一目惚《ひとめぼ》れだと思ってたんだ……けど……」

そう、だからこんな企画が生まれたってのは紛《まぎ》れもなく本当だ。

ただ、途中からなんだか妙《みょう》な方向にモチベーションが向いてしまっただけで。

「つまり、あなたがやろうとしてることは単なる代償行為《だいしょうこうい》……自分が好きになった『かもしれない』女の子を魅力《みりょく》的に仕立て上げることで、自分の審美眼《しんびがん》は間違《まちが》っていなかったと自己満足に浸るためってわけね？」

「ぎゃふぅ……」

返す言葉がなさすぎる……

「まぁ、なにはともあれ、このままじゃ私も澤村さんも協力できないわよ？」

「詩羽先輩……」

「別に、捨てた昔の女に今さら頼《たよ》ることが気に入らないとかいう話じゃなくて、ただ、足りないものが見えすぎているから……」

「それって前半わざわざ言わなきゃ成立しない会話ですか？」

そもそも一度たりとも付き合った事実なんかないのに。

このままでは、邪悪《じゃあく》に加えて元カノという最強属性までついた詩羽先輩一択《たく》になってしまう。

「けど加藤だって素材はいいんだし、なんとかキャラさえ立てられれば……」

「そういう意味じゃないんだけどね」

「じゃあ、どういう……？」

「そうね、あなたたちに足りないのは……」

次の瞬間《しゅんかん》、右耳に、ふっと息がかかった。

「お待たせ〜……って、あれ？　霞ヶ丘先輩は？」

「……先に帰るって」

「よかったの？」

「ああ、大丈夫《だいじょうぶ》だ」

詩羽先輩は去り際《ぎわ》まで、邪悪で、嘘《うそ》つきで、下ネタだらけだった。

けれど本当に最後の最後に、心からの忠告と、チャンスを与《あた》えてくれた。

〝もう一度だけなら、話を聞いてあげる〟という、最大の譲歩《じょうほ》を。

「加藤……」

「ん？」

だから、もう大丈夫。

「俺が、なんとかするからさ」

「安芸くん？」

詩羽先輩に言われたことは、骨身に染みている。

けれど、それについては今のところ解決の見込みはない。

だから、今まで通りやるしかない。

「だからお前は心配するな。絶対に、この企画通してみせるから」

俺が、やりきるしか……

「あ、うん……でも別に通らなくても気にする必要ないんだけどね」

「もう少しだけ俺のモチベーションに気を遣《つか》ってくれてもいいと思うんだよ加藤は」

なお、その後……

帰りの電車で、目の前の席に座っていた詩羽先輩に一時間ずっと睨《にら》みつけられた。

そんなこと言ったって三〇分に一本しかないんだから、同じ電車になったってしょうがないじゃん……

第六章　八月三一日の男 #自覚のあるクリエイターはRT

「ふあああ～」

「……眠《ねむ》そうだな」

ゴールデンウィークも前半が終わり、連休に挟《はさ》まれて短くなった平日の、今日は火曜。

休憩《きゅうけい》時間中に惰眠《だみん》ならぬ貴重な睡眠《すいみん》を貪《むさぼ》る俺を、聞き慣れた野太い声が邪魔《じゃま》をする。

「まぁな、徹夜《てつや》だし」

「なんだよ、連休中はまたバイト漬《づ》けか？　今期は何タイトルお布施《ふせ》すんだ？」

「残念ながらバイトじゃない」

ちなみにお布施、要するにBDのシリーズ購入《こうにゅう》を決めた今期アニメは五タイトルあるのでいずれバイト必須《ひっす》な状況《じょうきょう》なのは間違ってはいない……

「ならさ、休み入ったら秋葉行かね？　バイト入れてないんならどうせ朝から晩までアニメとゲームの消化だろ？」

と、そのあまりに心ない言葉に、俺の怒《いか》りが一気に振《ふ》り切れそうになる。

休みの日、朝から部屋を閉め切って時計も携帯《けいたい》も全《すべ》て隠した状態で、録《と》り溜《た》めたアニメや積んでるゲームをニヤニヤしながらプレイしまくる時間がどれだけ大事で、至福の瞬間であるか……

「無理だな、バイトはないけど忙《いそが》しい」

まぁ、今はそんな本質論を話してる場合じゃないので流すけど。

「なんだよ最近つきあい悪いな。嫁《よめ》でもできたか？」

「なぜ彼女《三次》じゃなくて嫁《二次》を疑う？」

と、俺は相手を睨むついでに、ちらりと廊下《ろうか》の端《はし》の席に目をやる。

「いや、別に彼女でも全然構わないぜ俺は。そういうコができたら紹介《しょうかい》してくれよ。倫也《ともや》のことだから相手はレイヤーとか声優の卵とか腐女子《ふじょし》とかだろ？　そのコの友達も呼んでオフ会しようぜ？」

「色々と突《つ》っ込《こ》みたいが敢《あ》えて一つだけ言うなら合コンだろ」

にしても相変わらず、俺と加藤《かとう》はちっとも噂《うわさ》にならない。

先週までの二週間、土日も含《ふく》めて毎日一緒《いっしょ》だったし、校内で二人きりでいるところも何度も目撃《もくげき》されているはずなのに。

俺の趣味《しゅみ》が全校にバレてるのもさることながら、絶対にそれだけじゃないよなこれ。

つまりあいつにも、ある意味、安全な何かがあるということか。

それとも、危険な何かがないというか……

「と、予鈴《よれい》だ、じゃあな倫也」

「ああ、またな」

ちなみに今会話していたクラスメイトは、この前の喜彦《よしひこ》じゃなくて三好謙二《みよしけんじ》という。

ギャルゲーでも、いちいち立ち絵を用意しようとしなければ、こうして意味もなく男の友人を増やすことも簡単なんだけどな。

「舞台《ぶたい》は多次元ファンタジー世界の城下町でさ……」

放課後の教室は、厚い雲で覆《おお》われた空のせいで嫌《いや》な感じに薄暗《うすぐら》い。

「で、ヒロインはデビューを目前に控《ひか》えた駆《か》け出しのアイドルなんだけど……」

窓の外から、大粒《おおつぶ》の雨がグラウンドを打つ無駄《むだ》に激しい音が届く。

「それはそうと、主人公はフリーのカメラマン兼《けん》マネージャーで……」

その、僅《わず》かな音すら聞こえない雑音だらけの空間に、俺の声はほとんどかき消される。

「あ、ちなみにヒロインは、記憶《きおく》を失って街をさまよっているところを主人公に拾われて同居してるって設定なんだけど……」

俺の、間に合わせ感たっぷりな語り口とともに、口から出た瞬間に消えていく。

「ある日、事務所の社長の命令で、そのヒロインをアイドルとして売り出すところからストーリーは始まるって感じで……」

「ねぇ……」

「ヒロインのパラメーターはボーカル、ダンス、ビジュアル、気品、根性《こんじょう》、色気、モラルとか色々あって……」

「あのさ……」

「で、パラメーターの伸《の》ばし方でエンディングでの職業も色々変わって……」

「ちょっと……」

「Sランクアイドルはもちろんのこと、王様に見初《みそ》められてプリンセスになったり、けど育て方間違えると娼婦《しょうふ》とか詐欺《さぎ》師《し》にもなったり、あ、もちろん主人公と結婚《けっこん》するエンドも……」

「いい加減黙《だま》れぇぇぇぇ～！！！」

「うわそんな大きな声出すなよ。周りに迷惑《めいわく》だろうが」

「そもそも外うるさすぎて声なんか全然届かないし！」

「……まぁな」

その瞬間、教室に綺《き》麗《れい》な稲光《いなびかり》と激しい雷鳴《らいめい》がとどろく。

それはまるで、英梨々《えりり》の怒号《どごう》に呼応するかのように見事なタイミングだった……

「とにかくもう帰る。今回も見事なまでに隙《すき》のない無駄な時間だったわ」

「だから待てって。何しろまだ説明し切れてない企画《きかく》が山ほど……」

「今の段階でもうとっくに山崩《やまくず》れ起こしてるから」

「え〜」

この後にまだご当地タイアップ企画とか、レアカード、ガチャ、課金システムのコンボとか搾取《さくしゅ》……いや夢は続くはずだったのに。

「前回のプレゼンから少しはまともになってるのかと思ったら……なにこの色んな育成シミュレーションを新旧取り混ぜてパクっただけの企画書《きかくしょ》は？」

「前回もほとんどパクリなんだけど……ネタ元のジャンルが違《ちが》うだけで」

「それ何の言い訳にもなってないどころか単なる余罪の自供だし！」

さて、今回はいくつのゲームの設定が混ざっているでしょう？

「にしても……今回はまた随分《ずいぶん》とシステム寄りに走ったわね」

と、今度は詩羽《うたは》先輩《せんぱい》が、こっちも呆《あき》れたような声を出す。

「っ……」

と、英梨々が意味不明に不機嫌《ふきげん》になって黙り込むのも以前と同じ。

「いや、先輩が新連載《れんさい》抱《かか》えてるって話だったんで、シナリオの負担を減らそうと」

「まぁ、お話にならない内容ってのは前のと全く変わってないんだけど」

「……思ったんですが余計な気遣《きづか》いだったみたいですね」

先週末、罵倒《ばとう》の後の優《やさ》しい笑顔《えがお》という、惚《ほ》れてまうやろなパターンで俺にもう一度チャンスをくれたのは、確かにこの人に間違いなかった。

「前回は夜の一〇時頃《ごろ》に放《ほう》り出したような感じだったけど、今回は朝の七時まで悪戦苦闘《くとう》したような感じよね。真夜中の働かない頭で考えたせいで余計にしっちゃかめっちゃかになっちゃってるところが」

「え〜」

けどそれは、もう一度地べたに這《は》わせた俺に哄笑《こうしょう》を浴びせてS欲《よく》を満たすためだったらしい。

「で、どうするの倫理君《りんり》？　これが自分の能力の限界まで練りに練って、もうこれ以上は絞《しぼ》りカスすら出てこないくらいの渾身《こんしん》の力作だって言うのならもう少し真面目《まじめ》に読み込んでみるけど？」

「……また持ってきますんで次を見てください」

性格悪くて能力高い人の正論って、どうしてこうまで人をやるせない気分にさせるんだろう……

などと思いつつ、俺は悔《くや》しさを紛《まぎ》らすため、企画書の紙の束を自らの手でくしゃくしゃに丸めようとして……やっぱり裏紙として使えると思い直し、カバンの中にしまう。

ああ変な寸止めしたせいで余計にストレスが溜まった！

「ちょっと待ってよ、ひょっとしてまだ付き合わせるつもり？」

と、今度は別方向からうんざりしたような声が被《かぶ》せられる。

「頼《たの》むって、今度こそ最終稿《さいしゆうこう》持ってくるからさぁ」

けどまぁ、こっちも性格悪くて能力高い奴《やつ》ではあるけど、あまり論理的な頭脳を持っていないからそういう意味では気が楽だ。

あ、別に頭悪いから扱《あつか》いやすいとかそういうことを言っている訳じゃないから。

「ま、もう一度くらいは付き合ってあげましょうよ澤村《さわむら》さん。どうせ連休が明けたらしばらくはイベント参加もないでしょ？」

「あたしはただ、こんな無駄なことに無理やり付き合わされて、大切な人生の時間を潰《つぶ》されるのが嫌なだけ」

「つまり、倫理君に自分の人生をめちゃくちゃにされることを恐《おそ》れていると？」

「恐れてない！　じゃなくてこんな馬鹿《ばか》に狂《くる》わされるような腐《くさ》った人生送ってない！」

「俺が茶化した訳じゃないのに矛先《ほこさき》がこっちに向かってくるのはどうなんだよ……」

ほんと、頭悪いから扱いにくい奴だ。

「……本当に今度が最後よ？　次はないわよ？」

「任せておけ。俺が今まで嘘《うそ》をついたことがあったか？」

「一週間前のＤＶＤを筆頭に数え切れないほど」

「ジョークと嘘を並列に語るのは野暮《やぼ》ってもんだろえりりん」

「なるほど、今のが嘘じゃないジョークって訳ね。どちらにしても万死《ばんし》に値《あたい》するってことがわかったわ」

ううむ、小学生時代に俺が付けた一七のあだ名のうちでは一番可愛い呼び方だと思うんだけどなぁ。少なくともエリンギや英梨々ンゴｗｗｗよりよっぽど。

「それで、ラストチャンスの締《し》め切りはいつにするの倫理君」

「……連休中に書き上げて、連休明け初日に持ってくるってことで」

「まぁ、そんなところかしらね。そんなに時間空けても仕方ないし」

とはいえ、この締め切り設定は実はかなり甘かったりする。

何しろ世間はゴールデンウィーク。今から連休が明けるまでには丸一週間ある。

商業でもない同人ゲームの企画書一本にかける時間としては十分だ。

「それじゃ、次は連休明けに……」

「あ、それと倫理君」

決意とともに視聴覚室《しちょうかく》を出て行こうとした俺を、もう一度詩羽先輩が呼び止める。

「なんです？」

「今日は、彼女は？」

「……っ」

それを聞かれたことに、俺は少しほっとして、けれど一瞬《いっしゅん》、言葉に詰《つ》まる。

「あぁ、そういえば今日はいないわねぇ……なんとかいうコ」

「お前ら友達になったんじゃないのかよ……？」

せっかく存在を認識《にんしき》してくれてたと安堵《あんど》したところにこれだよ。

「まぁ確かに、澤村さんがあのコの存在も認めたくないのはわかるけど……」

「は？　何それ意味わかんない！　だいたい、いっつもそういう変な決めつけばっかりするからあなたと話すの嫌なのよ！」

「ねぇ君ら、本当に……いや、やっぱいいや」

この二人の接点って俺しかないはず……なので俺も思考停止せざるを得ない。

「あ〜はいはい覚えてますよ加藤さん、加藤恵《めぐみ》さ〜ん、いらっしゃいませんか〜？」

「この連休は家族と旅行なんだってさ……北海道に」

もう、いちいち『子供かお前は』とかそういうツッコミばかりでは話も進まないので英梨々の態度は無視することにした。

「え〜、なに？　もう別れちゃったの倫理君？」

「いや、別にそういうわけじゃ……って別れるも何も付き合ってないし」

「まぁでも、倫也って前から惚れっぽいけど醒《さ》めやすい最低の屑《くず》だしね」

「ちょっと待てどこにそういう事例が⁉」

「だって一年前もどっかのラノベ作家と……」

「ほんっと、結構根に持つタイプね澤村さんって」

「いや、先輩がそういうふうに仕向けてるんじゃ……」

まぁ、それはともかく……

今日は、この場所に、いつもの座敷童《ざしきわらし》はいなかった。

明日も、明後日《あさって》も……締め切りまでに、もう会うことはないらしかった。

※　※　※

「え？　なに？　ごめんよく聞こえなかった」

「そっち札幌《さっぽろ》か？　なんか結構賑《にぎ》わってるな」

そして水曜の夜。

いよいよゴールデンウィークも明日から後半の連休に突入《とつにゅう》という、俺たちにとっては、五月でいちばん浮《う》かれていい日。

「だからよく聞こえないんだって。それで締め切りいつだって？」

「だから来週頭。連休いっぱい」

「え、それって……」

「ああ、別にいいよ、それより楽しんでこいって」

そして、連休なんか関係ない俺と、もうとっくに連休に入っている加藤との、ちょっとだけ嚙《か》み合わない会話。

「なんかごめんね、結構大事なときだったのに、学校休んじゃって」

電話口の加藤の声は、現地の喧騒《けんそう》に紛れて、少し聞き取りにくかった。

というか、俺に、自分から聞き取ろうという努力が足りないような気がしてた。

「家族全員が揃《そろ》う最後の旅行なんだろ？　そっちの方が大事だって」

一昨日《おととい》から、加藤は学校を休んで、北海道一週間の旅に出かけていた。

今年の夏に結婚する姉が発案して、姉の未来の旦那《だんな》さんが金だけ出した、加藤家水入らずの、最後の家族旅行。

「それに、そっちの都合は去年から決まってたんだろ？」

「う、うん、まぁね」

……そんな心温まる話を、俺は昨日、加藤本人じゃないクラスメイトから聞いた。

「こっちの都合は俺が昨日、勝手に決めたんだし、そんなの加藤が気にしたって仕方ないだろ」

ただ単に、お互《たが》いが自分の都合で動いただけ。

たった一月《ひとつき》前に知り合った友達の、しかもかなり理不尽《りふじん》なワガママに付き合う義理なんか、全然、まったく、これっぽっちもあるわけがない。

「えっと、本当に大丈夫《だいじょうぶ》？　一人で間に合う？」

「……だからなんでそんなこと心配する？」

「いや、だって、安芸《あき》くん……」

なのに、自分の声が嫌《いや》になるくらい情けない。

あの加藤に心配そうな声を出させるほど、情けない。

「そもそも、いてもやることないだろお前」

「あはは、ま～そりゃそうなんだけどね～」

「…………」

一瞬の沈黙《ちんもく》も、情けない。

加藤がそう言うしかないように仕向けたのは自分だってのに。

でも、その通りに答えた加藤の、今まで通りの軽さが、ちょっと……

「安芸くん？」

「ん？　なに」

「もしかして……」

「ていうかそろそろ切るぞ。こっちも一応締め切りってもんがあるからな」

「あ、うん……でもなんかそういう単語が出てくると、とうとう動き出したんだって気になるね～」

「いや、動き出せるかどうかの瀬戸際《せとぎわ》ってレベルでしかないんだけど」

「あはは、それもそっか……信頼《しんらい》してるよ、安芸くん」

信頼……ね。

『この前も言ったけどね倫理君……あなた、私たちをやる気にさせる前に、やることがあるでしょ？』
『やること、って……』
『彼女を、加藤さんを本気にさせないと意味がないのよ？』
信頼させちゃ……頼《たよ》らせちゃいけないって、言われたんだっけ。
『彼女に一番足りないのは、キャラクターじゃなくてモチベーション』
『まぁ、それは確かに』
『……確かにキャラとしても微妙《びみょう》なのは認めるけど』
『認めちゃうんだ作家のお墨付《すみつ》きなんだ』
『でもそんなのって、ある程度やる気でカバーできるものじゃない？』
『………』
『輝《かがや》こうとしないヒロインを輝かせるほど、私は天才でも変態でもないわよ？』
あいつに存在感がないのは、存在感を示そうとしないから。
そのやる気のなさは、あいつの、あまりの付き合いの良さに隠《かく》されてた。

『つまり、巻き込まれたんなら本気出せ……って、ことでしょ？』

『あれ、それって……』

『昔、とあるイベントで、どっかの馬鹿に無茶振《ぶ》りされたときに言われた台詞《せりふ》』

『英梨々……』

『まぁ、その時以来〝誰《だれ》があんたの頼《たの》みなんか聞くか〟って誓《ちか》ったけどね』

『なにそれいい話に見せかけて実はただの防波堤《ぼうはてい》？』

簡単に巻き込まれてくれるから、何でも付き合ってくれるから……

少しでも力を入れて引っ張れば簡単に思い通りになるからこそ、自分から動かないってことを、忘れてた。

「そういえばお土産《みやげ》、バターサンドでいいよね？」

「大好物なんで二箱頼む。あ、金は払《はら》うから、一箱分だけ」

「あはは、了解《りょうかい》……あ、でもこれ賞味期限一週間か、ギリギリだね」

「最終日に空港で買ってくれればいいだろ？」

「あ～……ま、そっか」

でも、大丈夫だ……

もともと自分一人でやり遂《と》げるつもりだったし、それしか勝ち目はないとわかってる。

だからこれからも、俺が引っ張っていけばいい。

だってこのプロジェクトは、俺だけの想《おも》いから始まり、俺だけの想いを満たすためのものだから。

「それじゃあな、加藤……」

「あ！　ごめん、もう一つだけ」

「なんだよ？」

「安芸くんってさ……わたしの、どういうところが良かった？」

「……は？」

と、なかなかに自己完結をさせてくれない加藤は、自称《じしょう》最後の質問で、またわけのわからないことを言い出した。

「あ、いや、だからね？　こういうことしてたときが楽しかったな～とか、こういうとこ好きだな～とか、ああ、逆にこういうとこが駄目《だめ》だったな～ってのでもいいけど」

「……お前、実は今入院してる？　で、成功率二〇％の難手術に挑《いど》む直前？」

なにその病弱ヒロインのノーマルエンド突入直前みたいな質問。

「いやさすがにそこまで劇的な嘘《うそ》はついてないけど……どうかな？」

まぁでも、こうして詰問《きつもん》されても全然慌《あわ》ててないところがいつもの加藤だから、本当に大した意図はなさそうなんだけど。

「そうだなぁ……まぁ、どれも楽しかったぞ、かなり」

この数日間で、喫茶店《きっさてん》で駄弁《だべ》ったり、徹夜《てつや》でゲームしたり、一緒《いっしょ》に遠出したりと、普通《ふつう》に考えたら付き合い始めのカップルとしか思えないようなイベントをいくつもこなしてた。

それこそ、キモオタの妄想《もうそう》を具現化したような毎日だった。

これが楽しくない訳が……

「じゃあ、不満はなし？」

「でもま、ほんの少しだけ欲を言わせてもらえれば……」

「言わせてもらえれば？」

「……もう少し、息苦しくても良かったかなって」

それでも、ちょっとだけ漏《も》れてしまった。

いつもみたいに誇張《こちょう》したりせず、さらっと流せる程度の本音が。

「えっと、つまりそれって、わたしにもっと意地悪になって欲しかったと？」

「全然違《ちが》うから。大体そんなのは二人で十分ですよ」

「ん〜……何が違うのかなぁ？」

「なぁ加藤、だからそれって一体……」

「まぁいいや、後は自分で考えるよ」

「何を？」

「じゃあね安芸くん」

「あ……」

と、今までさんざん引っ張ってきた加藤は、最後だけ唐突《とうとつ》に、一方的に会話を打ち切った。

……何を考えるって？

※　※　※

そして翌日。

連休後半に突入《とつにゅう》した木曜日。

いよいよ、俺たちのリベンジが本格的に動き出す日。

タイトル：
　未定

……の、そろそろ日が西に傾《かたむ》いてきた時間にもかかわらず、俺の目の前にあるノートPCに表示されたテキストファイルは、たったの二行しか進んでいなかった。

なおその間、ベッドに寝転《ねころ》んだ回数は七回。

しかし俺は鉄の意志をもって、アニメやゲームを起動してしまう魔《ま》のリモコンに触《ふ》れることだけはしなかった。

……まぁ、その代わりに一〇冊以上のコミックが読破されてしまった訳だが。

こういうときに選ぶのって、なぜ今までに一〇回以上は読んだはずの、完全に台詞まで覚えてる作品に偏《かたよ》ってしまうんだろうな……

タイトル：
　未定
作品コンセプト：

プロローグ：
本作のアピールポイント：
キャラクター設定：
ヒロインA（名前未定）

日が暮れて、一気に五行も進んだ。

……いや、わかってる。項目《こうもく》だけの企画書《きかくしょ》に何の意味もないことなんて。

けれど今焦《あせ》ったところで、頭の中からアイデアなんか出てくるわけがない。

理由はハッキリしている。つい今しがた、晩飯を食ったばかりだからだ。

頭に向かうはずの血液が全《すべ》て胃に集中している今、アイデア出しなんてまったく意味のない行為《こうい》だ。

「というわけで、一五分だけ……」

なので、ここは少し仮眠《かみん》を取り、消化を助けよう。

本当に頭が働き出したときに眠《ねむ》くなっていたら話にならない。

一五分……いや三〇分くらいの睡眠《すいみん》は、頭をリフレッシュさせるのに最適だ。

というわけで、ほんの少しだけ、おやすみなさい。

さらに翌日。

俺たちのリベンジ二日目、金曜日。

「……あれ？」

つまり目覚めたら、日付が変わっていたという衝撃《しょうげき》の展開……

しかも電気を付けっぱなしだったせいで、しっかり眠れた気がしない。

というか、寝る前よりも眠くなっているような気がするのは何故《なぜ》だろう……

「ふあぁぁぁ～」

というわけで、眠気覚ましにブラウザを立ち上げる。

ちょうどいつもの更新《こうしん》チェックの時間だし、色々と調べたいこともあるし。

まぁ、今まで寝てしまった分は、ここから朝まで頑張《がんば》れば余裕《よゆう》で取り返せるだろう。

「うわ、四時……」

とか余裕こいてる間に、ほんの少しばかり彷徨《さまよ》いすぎたかもしれない。

巡回《じゅんかい》サイトの更新からツイッター、2ちゃんねる、ニコニコと渡《わた》り歩いた先に待っていたのは、ウィキペディアの関連リンクの旅だった。

しかし無駄《むだ》じゃなかった。何しろ随分《ずいぶん》と使える情報を吸収した手応《てごた》えがある。

しかも途中《とちゅう》からアンサイクロペディアに移ってネタを吸収することも忘れなかった。

創作活動には、こういう地道な活動も必要だ。

たとえ今芽吹《めぶ》かなくても、いつか別の企画《きかく》を立ち上げるとき、必ず役に立つ。

……まぁ、そういった蓄積《ちくせき》を今この切羽詰《せっぱつ》まったときにやるべきかどうかというのは意見の分かれるところではあるけれど。

「さて、どうすっかな……」

それよりも、この午前四時という中途半端《ちゅうとはんぱ》な時間の過ごし方を考えないと。

今から企画書に戻《もど》っても、すぐに夜が明けてしまう。

そして今日はまだ、明日も明後日《あさって》もある長い戦いの中盤《ちゅうばん》でしかない。

ここで生活リズムを崩《くず》すのは愚策《ぐさく》だ。

「ま、無理やりにでも寝るしかないな……」

ベッドに寝転がり、しっかりと電気を消す。

そう、夕食後の仮眠のときのような愚《ぐ》は二度と犯さない。

目を閉じながら、俺は素早《すばや》く明日以降のスケジュールを組み直す。

明日は、いつもの平日と同じ時間に起きよう。

そして午前中は昨日のリベンジ。午後から今日の予定に合流して、夜までにオンスケジュールに戻す。

うん、まだまだ余裕だ。

「なん……だと……」

なぜ昼過ぎ？

どうして誰《だれ》も気がつかなかった……などという疑問を差し挟《はさ》む余地はなかった。平日と同じ時間に起きるという誓《ちか》いを目覚まし時計に反映させなかったからだ。

いかん、これはさすがに泥沼《どろぬま》にはまりかけている。

「……ちょっと体動かしてこよ」

寝起きでぼやけた頭を振《ふ》り、二日ぶりに玄関《げんかん》に下りて靴《くつ》を履《は》く。外の空気を吸って、体を目覚めさせないと。

「お、新刊」

ジョギング途中に本屋に寄ると、平台には四月末に発売された雑誌やコミックが山積みになっており、そこはさながら宝の山のようだった。

しかしこれは、別に不測の事態ではない。

何か活字を目に入れればインスピレーションが湧《わ》くかもしれないという冷静な判断だ。

だからこそ、こうして隣町《となりまち》の、コミックに封《ふう》がしていなくて立ち読みOKな本屋までわざわざ足を運んだのだから……


さらにさらに翌日。

俺たちのリベンジ三日目、土曜日。

……締《し》め切りまでに動ける日数、あと二日。

「うわあああああああああああっ⁉」

小説を五ページくらい読む程度の時間しか経《た》ってない感覚なのに、いつの間にか二日間も過ぎ去っていた衝撃というのは筆舌《ひつぜつ》に尽《つ》くしがたいモノがあるわけで。

しかもノートPCのディスプレイに表示されているのは、二日前と同じ燦然《さんぜん》と輝《かがや》く項目だけの七行ときたらもうね……

というわけで、さすがにここからは、もう現実逃避《とうひ》すらも許されない。

まずは無線LANルーターの電源落として、ネットの海水浴場への入り口を塞《ふさ》ぐ。

続いてテレビやHDレコーダーの電源を次々と落とし、バーチャルの登山道への立ち入りも禁止する。

さらに続いてベッドや床《ゆか》の上に積んでいたアニメやゲームのパッケージをまき散らし（掃除《そうじ》もせずに数週間放置した状態を再現しただけとも言う）、買い置きのボトルコーヒーを机の上に並べ、夢の国へと誘《いざな》う小舟《こぶね》も撤去《てっきょ》。

さあ、これで後はなくなった。

……たとえそれらの準備のために二時間ほど費やしていたとしても、これも必要な措置《そち》だったんだと、締め切りを過ぎれば笑い話になっているはずだ。

というわけで、ここからが最後の勝負……

「……よしっ！」

俺は、一度だけ深く息を吸い込むと、この部屋に唯一《ゆいいつ》残された入り口……創作の世界へと一気にダイブした。


「あは、あはは」

そして、時計の曜日表示がめでたく月曜日になった……

なんだか日曜日がすっ飛んでいるような気もするが、それはまぁ気のせいじゃない。

つまり、要するにまる二日……四八時間くらい机にかじりついていたということで。

「あはははっ」

締め切りまでに動ける日数……あと、〇・三日くらい？

目の前に開かれたテキストファイルは、未《いま》だに七行から劇的な進化……どころか人類にとっての偉《い》大《だい》な八行目にすら踏《ふ》み出していない。

いや、一行も進まなかったというのはさすがに語弊《ごへい》がある。

何度も何度も、テキストが増えては、そして一瞬《いっしゅん》で削除《さくじょ》されるの繰《く》り返し。

昔の創作現場なら、ごみ箱に丸めた原稿《げんこう》用紙の山ができていたに違《ちが》いない。

「あと、一晩……」


さすがにここまできてしまうと、忌避《きひ》していたあの言葉が頭をよぎる。

『諦《あきら》める』という、麻薬《まやく》のように甘美な響《ひび》きを持つ、その動詞が……


本当は、まだ慌《あわ》てるような時間じゃない。

今からでも間に合う可能性はある。

実際、企画書一つなんて作業量としては一晩でも十分に可能な時間だ。

以前、知り合いの人気作家《詩羽先輩》に聞いたことがある。

創作のアイデアなんてものは、時間をかけてもいいものができるとは限らないし、逆に時間がなかったからといって質の低いものしかできないとも限らないと。

世の中には、一晩で作られた神企画なんてのも実在するという。

要するに、人の想像力には限界も最低限もないという……結局、できるもできないも才能次第《しだい》という身も蓋《ふた》もない話だった。

つまり振り返って俺に当てはめてみると……結局、さっきと同じ『諦める』という言葉が、じわじわと頭の中に染《し》み入っていく。

この一週間で、俺には才能がないってことが身に染みてわかった。

それは、あの二人にあるような創造的な才能に留《とど》まらず、やっぱりあの二人にある努力する才能って方に関しても。

いや、この一週間って訳じゃないのかもしれない。

新学期が始まる前の、最初に熱に浮《う》かされた時期にも、結局プロットなんてものは上がらなかった。

加藤と再会して、一度は消えた創作意欲が再燃した時にも、上げたモノは英梨々に握《にぎ》り潰《つぶ》される程度の出来の悪い間に合わせ。

それに、仲間選びだって、やっぱり加藤の言う通り現実離《ばな》れした陣容《じんよう》だし。

あの、個性が強くて性格の悪い二人のチームワークなんて想像できないし。

……あいつらが仲良くやってる姿を想像する方がもっと怖《こわ》いけど。

それにそれに……なにより、加藤も興味ないみたいだし。

そんなふうに、次から次へと、頭の中を、あっという間に言い訳が埋《う》め尽くす。

テキスト量だけで言えば、もうとっくに企画書の量を超《こ》えるってくらいに。


ここにきて、なんだか、わかってきてしまった……

俺一人が諦めれば、みんな幸せになれるって。

俺さえ、諦めれば……


『安芸くんってさ……わたしの、どういうところが良かった?』

『……は?』

『あ、いや、だからね?　こういうことしてたときが楽しかったな〜とか、こういうとこ好きだな〜とか、ああ、逆にこういうとこが駄目《だめ》だったな〜ってのでもいいけど』

逆に聞くけどさ。

加藤こそ、楽しくなかったのかな。

俺といて、つまんなかったのかな……


『いや……加藤って、さ』

『う、うん』

『普通《ふつう》に可愛《かわい》いなって』

『あ、ありがと。でもなんかいきなりで、気持ちこもってないっぽい』

『うん、俺もそう思う。だから今のは忘れてくれ』

『あ、追加オーダーいいかな？　ちょっとお腹《なか》すいてきちゃって』

『ああ、好きなものを頼《たの》め。今日は全部おれのおごりだ』

『あ、悪いね、え～と……』


「……ん？」

それは、数日前の記憶《きおく》。

あの〝坂の上の少女〟と劇的でない再会を果たした直後の喫茶店《きっさてん》での、あまりにも安心感のある俺たちのやり取り。

けれど、これって、もしかして……？

『いや……加藤って、さ」

『う、うん』

『普通に可愛いなって』

『っ……い、いや、ちょっと……え、え～!?』

『そんなに嫌《いや》そうな顔するこたないだろ。褒《ほ》めてんだから』

『け、けどさぁ、普通、ほぼ初対面の女のコに面と向かってそゆこと言う？』

『あ～、やっぱそういうのって女子相手だと退《ひ》かれるんかなぁ？』

『退くっていうか、その……』

『いや、俺デリカシーないみたいでそういったとこよくわかんなくて』

『ああ、うん、本当にわかってないみたいだね全然』

『いや、確かに言い出したのは俺だけど面と向かって肯定《こうてい》しなくても』

『だって、そもそも〝嫌そうな顔〟ってのがカンペキ誤解じゃん……』

「あれ？」
ちょっと、萌《も》える？
会話をほんの少しいじってみただけなのに？
俺が、もうちょい真摯《しんし》な鈍感《どんかん》少年っぽい台詞《せりふ》を喋《しゃべ》るだけで。
加藤が、もうちょい初々《ういうい》しい反応を返してみるだけで……
「『そんなに嫌そうな顔することないだろ……』、えっと……何だっけ？」
だから俺は、その、キュンときた瞬間を必死になって追いかける。
部屋の中に、久しく響かなかったキータッチの音が響く。
ディスプレイが、数日ぶりにテキストで埋まっていく。
なんだよ加藤……
ちょっと工夫《くふう》するだけで、お前、萌えんじゃん。
『約束だろ、加藤……まだ帰るなよ』
『あ、安芸くん……』
『頼む！』
『まぁ別に、家には今日遅《おそ》くなるかもって言ってあるからちょっとくらいはいいけど』

『いいんだ⁉』

改めて、今度は自分自身を問いただす。

どうして俺は、加藤をギャルゲーヒロインにしたいと思ったのかって……

可愛くて、キャラが立ってて、魅力的《みりょくてき》で、ゲームをプレイした誰《だれ》もが『俺の嫁《よめ》』にしたくなる、そんな一番人気のヒロインにしてみようなんて思ったのかって。

……それは、今の加藤がそうじゃないことが悔《くや》しかったから、じゃなかったっけ？

あいつとの出逢《であ》いに、運命を感じた。

なのに、その運命があいつ自身によって否定された。

だから、裏切られた運命を、ゲームの中で元に戻《もど》してみたかった……

『頼む！』

『…………やっぱり、ダメ』

『そ、そか……ごめん、急に無茶言って』

『っ、ほんっと無茶、急にそんなこと言い出すなんて信じられない！』

『け、けど俺、加藤のこと本当に！』

『だってわたし、替《か》えの下着持ってきてない！』

『……は？』

『パジャマも歯ブラシもドライヤーも……これじゃ明日《あした》の朝酷《ひど》いことになっちゃう！』

『いや、何言ってんだよお前？』

『何言ってんだよじゃないわよ！　女のコには色々と準備ってものがあるのよ！』

『けど、そんなこと言ってたらいつまで経《た》っても……』

『だから……次、いつ誘《さそ》ってくれるの？』

『え……』

『今度はちゃんと持ってくるから。お泊《と》まりの用意』

『か、加藤？』

『だから安芸くん……倫也くんも、ちゃんと準備して』

『じゅ、準備って……？』

『恵って……名前を呼ぶ、準備をね？』

そうか……今やっとわかった。

俺、失恋《しつれん》したんだ、加藤に。

自分の思い描《えが》いたイメージを否定されることで。

キャラが立ってなくて、オタクに媚《こ》びてなくて、けれど寛容《かんよう》で……

そんな、あまりにも理想的な〝友達の一人〟を見せつけられて、優《やさ》しくふられたんだ。


『おかしいのは安芸くんの方だよ』

『だからそいつの異常さを本人の前で言っちゃ駄目だって言ってるのに～』

『人気イラストレーターに売れっ子作家とか……安芸くんの周りって、なんでこんな人たちばっかりなの？』

『いやほら、そこに何の特徴《とくちょう》もない加藤がいるからきちんとバランス取れてるじゃん』

『この際わたしのことはどうでもいいから。ていうか無理やりわたしをオチに使わなくていいから』


だから、ゲームの中で、違《ちが》う加藤に会いたかった。

それは、現実で叶《かな》わない夢をゲームで叶える代償行為《だいしょうこうい》……

なんだ、まるっきり創作の基本じゃないか。

『おかしいのは倫也くんの方だよ』

『なんで俺!?』

『人気イラストレーターに売れっ子作家とか……しかもどっちも可愛い女のコ！』

『いや、職業はともかく可愛い可愛くないはこの際関係なくね？』

『でも女のコってのは関係あるよね？　しかも今までわたしに隠《かく》してたよね？』

『そんなこと言ったたって、俺は作品のファンであって作家は関係ないというか』

『しかもしかも、二人とも同じ学校だってことも隠してた！』

『だからそれは、向こうが秘密にしてくれって……』

『しかもしかもしかもっ！　この本読んでたときの倫也くんの顔っ！　嬉《うれ》しそうで、楽しそうで、時々苦しそうで、泣きそうで……わたしといる時だって、めったにあんな顔してくれないのにっ！』

『作品にまで嫉妬《しっと》すんなよ……』


そうだ……

俺は、こういう恥《は》ずかしい会話を、加藤としたかったんだ。

普段《ふだん》の会話もあいつらしくて面白《おもしろ》かったけど、もっと、あいつらしくない息苦しい会話も求めていたんだ。

楽しいだけじゃなく、辛《つら》い想《おも》いも抱《かか》えたかったんだ。

もっと、ドキドキしたかったんだ。

ヤキモチも妬《や》いて欲しかったんだ。

激萌え、だったんだ……

※　※　※

「……できた」

時は、午前七時。

窓の外から明るい陽《ひ》が差し、朝チュンの効果音も聞こえてくる。

じゃなくて、普通にスズメが鳴いている。

そんなうららかな連休明けの月曜日に、ようやくそれは完成した。

いや、完成したというにはあまりにも完成度が低いというか、企画書《きかくしょ》の体裁《ていさい》はまるで整っていなかったけれど。

何しろ、タイトルはいまだに『未定』のまま。

ジャンルだって『純愛アドベンチャー』という今さらな一行だけ。

キャラクター設定は『二年B組加藤恵に準拠《じゅんきょ》』というこれまで以上に投げやりな一行。

「できたぞ……っ」

それでも、俺にとってみれば、それは間違いなく〝完成〟だった。


あまりにもシンプルなゲームコンセプトの説明から一転して、その後に主人公とヒロインの会話形式のテキストが延々と続いていく。

学校帰りの寄り道、放課後の教室での部活動、徹夜《てつや》でゲーム、アニメマラソン、一緒《いっしょ》に登校、休日デート、駅前の散策、喫茶店《きっさてん》での修羅場《しゅらば》、旅先からの遠距離《えんきょり》通話、そして一週間ぶりの再会と積もる土産話《みやげばなし》。

偶然《ぐうぜん》の出逢い、ぎこちない初会話、平穏《へいおん》な時間、夢中で語らった夜、うとうとしながら迎《むか》えた朝、今までよりちょっと気まずい『おはよう』、すごく怒《おこ》られた三分の遅刻《ちこく》、自然と繋《つな》がれた手、初めての涙《なみだ》、ぶつけあった寂《さび》しさ、ぶつけあった愛《いと》しさ……

リアルには、一つも起きていないイベント。

もしかしたら、ほんの少しボタンを掛《か》け違えただけで起きたかもしれないイベント。

周囲から見たら、まるっきりつまらない、自己満足全開の会話。

けれど主人公とヒロインにとっては、何一つ無駄《むだ》のない、かけがえのないお喋り。

完成したと言えるのは、そんなサンプルテキストだけ。

全体を見ても、まったくゲームの企画書になっていない。

けれど、これでいい。

これこそが俺の作りたかったゲームだって、胸を張って言える内容だから……

「行ってきま～す」

結局そのまま一睡《いっすい》もせず、いつもより一時間も早く家を出る。

少しでも寝《ね》たら夕方まで爆睡《ばくすい》コースというのがわかりきってるし、何より今は一刻も早く学校に行きたかった。

だって、一刻も早く、出来上がったプロットをあの二人に見てもらいたいから。

いや、ちょっとだけ違うな。

今、これを一番早く見てもらいたい相手は別にいる。

この、『俺はお前をオカズにしてるぜ』と言っちゃってるような元ネタ特定されまくりのテキストを読んだら、あいつはどんな感想を抱《いだ》くだろうか。

……まぁ、どうせあいつのことだからちょっとしか退かないだろう。

で、なんだかんだ言って『これもアリなんじゃない？』的な安心リアクションを返してくれるに違いない。

その、一週間ぶりの安心感と肩透《かたす》かし感がなんだか無性《むしょう》に懐《なつ》かしく思えてきて、俺はますますペダルを漕《こ》ぐ足に力を込《こ》める。

で、そのまま道なりに左に曲がりながらしばらく加速すると、視界が上下左右一気に開ける急勾配《きゅうこうばい》の下りにさしかかる。

つまりそこは、いつもの探偵《たんてい》坂……

「え……？」

と、その坂を下り始めたとき、俺は思わず呆《ほう》けた声を上げた。

背中の方から突然《とつぜん》の強い風が吹《ふ》いたからではなく。

季節外れすぎる桜の花びらが散ったからでもなく。

そしてもちろん、太陽があまりにも黄色かったからでもなく……

ぽてっ、とてっ、ころころ……ぴた。

「…………え」

そんな太陽よりも大きく、近く、目の前でぴたりと止まった、白くてまん丸い、確認済《かくにん》
走行物体だった。

「あ、あ～！　止まっちゃった！」

「…………………え」

そして俺の後ろから、まったく吹かない風に乗ることもできない、慌《あわ》てた声が届く。

「やっぱり、なかなか同じふうにはいかないね」

「あ……っ」

道の真ん中で止まってしまった、白いベレー帽《ぼう》。

そして、坂の上で立ち尽《つ》くす、その持ち主。

「久しぶり。また……会えたね。ほんと偶然、なんてね？　あはは……」

「か、加藤……？」

……の、弾《はじ》けるような、眩《まぶ》しい笑顔《えがお》。

「あれ？　わたしのこと、ちゃんと知ってるんだ……安芸倫也くん」

名前を呼んでみたけれど、そして名前を呼ばれたけれど……

でも、その加藤恵は、いつもと全然違ってた。

その笑顔も、なんだか艶《つや》のある語り口も、想いのこもったような言葉の中身も。

けれど間違いなく、こいつは俺の知ってる加藤……いや、あのときの女の子だった。

だって、坂を転がる白いベレー、風にたなびく白いワンピース、そして、白い……

「か、加藤……？　これ、一体」

これは一体なんなんだ……？

三日寝てない俺の脳が見せた幻覚《げんかく》か、それともお馴染《なじ》み桜の精のイタズラか。

「あのね、これはね……運命のやりなおし」

「やりなおし……？」

白いワンピースの彼女が、小首を傾《かし》げ、髪《かみ》をかきあげる。

それは、いつもの彼女の仕草とは違っていたけれど。

けれど、今の彼女には、抜群《ばつぐん》に似合っている仕草だった。

「あのとき、せっかく劇的に出逢《であ》ったのに、そのあと劇的じゃなくなっちゃったわたしたちの、追試だよ？」

「追試……」

やりなおし、追試……リベンジ、リトライ。

それは、つい最近どこかで聞いたような意図を彷彿《ほうふつ》とさせて。

「作っていこうよ？　二人の、これからの物語……一緒に、作っていこうよ」

まさか、これって……

「じゃ、もう一度、さっきのとこからね？」

と、加藤は俺の前で、くるっと回ってみせる。

スカートの裾《すそ》がふわりと揺《ゆ》れて、俺の目と心臓と息を奪《うば》う。

「へぇ、わたしのこと知ってたんだ……嬉しいな、わたしって全然目立ってないって思ってたから」

「あ、いや、そんな……」

「わたしもね、あなたのこと知ってるよ、安芸倫也くん？」

「え……」

「……って、そんなの当たり前だよね。あなたはわたしと違《ちが》って、ものすっごい有名人だもんね」

「…………」

そうか。

やっぱり、これは……

「二年B組の風雲児とか、救いようのない凝《こ》り性《しょう》とか、学園一の人気者とか……」

「……なんだよそれ、ひでぇな」

「あはは、だってわたしが言ったんじゃないもん」

問題児、クソオタク、笑い者……なるほど、ものは言い様だ。

身も蓋《ふた》もない表現を捨てて、萌《も》えられる方向へのアレンジ。

「あ、そうだ……お礼、しなくちゃ」

「別にいいよ、そんな……」

「ね、ちょっとかがんで？」

「え？　こうか？」

だから、やりなおし。

俺たちの理想の再会のための、ロールプレイ。

「ん～、もうちょい下。わたしの目線と同じ高さ」

「こ、こう？」

……そう、これは、昨夜の俺と同じで。

「じゃあ、目をつぶって」

「な……」

「早く！」

「は、はい！」

しかも、主人公は……

「…………」

「…………」

「……お、おい、加藤？」

「はい！　もう目を開けていいよ！」

「って、だから一体何を……」

「……ぷっ」

「ぷ？」

「に、似合わな～い！」

「え？　え？」

加藤が指を差した先……俺の頭に触《ふ》れると、そこにあったのはフェルトの感触《かんしょく》。

手に取ると、それはさっき、俺が拾い上げて加藤に返したはずのベレー帽。

「あははははっ、ごめん、これはわたしでも擁護《ようご》できないよ」

「あ、当たり前だろっ！　女物なんだから！」

「ふふっ、考えてみればそうだよねぇ、ふふふふっ」

「こ、このっ、笑いすぎだろ！」

俺の頭に被《かぶ》せたベレーを取り返し、自分で被り直しながらもまだ笑っている。

「ごめんごめん、それじゃ、なにか別のカタチでお礼しなくちゃね」

「いや、だから礼なんて別に……」

「じゃあ、リクエスト受け付けるからなんでも言ってよ」

「……って、えぇ⁉」

「……なんでもするとは約束できないけど、善処はするよ？」

そのイタズラっぽい仕草も、そのいつも以上に澄《す》んだ声も、心の底からの笑顔も。

そんな、妄想《もうそう》の余地があり過ぎる申し出と相まって、俺の、色んなところを貫《つらぬ》く。

「い、いや、ちょっと待て、そんないきなり……」

「じゃあ、あと五秒以内ね。それ超《こ》えたら無効」

「え～⁉」

完全に、加藤……ヒロインにペースを握《にぎ》られてる。

「四～」

「ちょ、ちょっと待て！」

「さ～ん」

「って言ってるのに⁉」

「に～い」

「だから、心の準備が……」

「いぃいぃ～～～～～」

「……あ」

けれど、いつまでも振《ふ》り回されっぱなしの主人公なんて面白《おもしろ》くない。

「いぃいぃ～～～～～」

「………」

というか、それだと物語は先に進まない。

だから、きっとここは……

「～～～～っ！　は～、は～、はぁぁぁ～」

「……大丈夫《だいじょうぶ》か？」

「っ⁉」

ほら、タイムアウトの選択肢《せんたくし》なんて、用意されてない。

「それじゃ改めて、リクエストいいかな？」

「……はい、どうぞ！」

「ならさ、加藤……」

だから俺は、そんな、あまりにも妄想の余地があり過ぎる申し出に、あまりにも妄想の余地があり過ぎるリクエストで応《こた》える。

「俺の作品の、ヒロインになってよ」

「え……」

『俺の作る同人ゲームのメインヒロインのモデル』なんて野暮《やぼ》な注釈《ちゅうしゃく》はいらない。

いつもみたいに、ネタに走りすぎてもいけない。

このくらい、ちょっとやっちゃったくらいの痛い言葉と気持ちをぶつければ……

「……そうだね、うん、いいよ」

「加藤……」

道《ルート》は、開かれる。

「なんだか、楽しそうだねそれ。わくわくする」

「ああ……約束する。二人で面白いことやろう？」

それは、あの時とほとんど同じ即決《そっけつ》だったけど。

そして、今回の決断は、演技だってわかってるんだけど。

「これから毎日楽しくなりそうだね、倫也くん……って、呼んでいいかな？」

それでも、あの時とは胸に受ける衝撃《しょうげき》が違いすぎる。

「じゃあ、俺も恵でいい？」

「そっちは……まだ加藤で」

「なんで？　自分は名前で呼べるのにわけわかんねぇ！」

「だってさぁ……倫也くんは女のコにも名前で呼ばれてるから大丈夫だけど、わたしのこと名前で呼ぶ男のコ、他にいないんだよ？」

「嫌《いや》だ、男女平等。絶対に恵って呼ぶ」

「え、え～!?」

「どうしても、俺に名前で呼ばれるのが嫌だっていうならやめる。けどその場合は、俺のことも安芸で」

いつもの俺的には、萌える。

そして今日の俺的には、ときめく。

「……意地悪だなぁ、倫也くんは」

「前向きな回答ありがとう、恵」

そんな加藤とのひとときが、心臓が破裂《はれつ》するくらい、楽しい。

俺がしたかった、けれども俺たちができなかった。

……だからこそゲームで再現したかった会話が、ここにあるから。

「それじゃ、これで契約《けいやく》開始かな。これからもよろしくね、倫也くん」

「じゃあ、契約の証《あかし》……」

「え？　え？」

そして、ゲームで再現したかったイベントも……

「恵……」

ほとんどゼロ距離《きより》で笑い合っていた俺たちの、さらに距離を詰《つ》める。

そう、〝ほとんど〟がなくなるくらいまで。

「え、うそ？　話が違う……」

「誰《だれ》の話と？」

なんて、話が違ってきてても仕方ない。

「だ、だって安芸くんは、絶対に三次元には欲情しないって……」

何しろ今の俺は、この瞬間《しゅんかん》に思いついたキャラ設定が付加されているから。

「ちょっとだけちょっとだけ、先っぽ……じゃなくて、一秒だけだから」

「一秒もしたら完全にしたことになっちゃうよぅ!?」

ちょっと理不尽大王《りふじん》。ちょっと甘えん坊《ぼう》。そしてちょっと……スケベ野郎《やろう》。

俺とは似ても似つかない……かもしれない、典型的なギャルゲー主人公。

「そんなわけで、ほら、目閉じろって」

「え、いや、うぇっ？」

でも、仕方ないったら仕方ない。

何しろ俺は、三日寝《ね》てないんだ。

だから、なんつーか、ちょっとくらい妄想が暴走しても許して……

「何が一秒だけだこの最低主人公おおおおぉぉぉぉ～～～!!!」

「うがああああああああ～～～!!!」

その声と同時に、首にものすごい衝撃と、耳に甲高《かんだか》いブレーキ音が届く。

まぁ、この急坂を全速力で走りながら自転車ラリアートを決める奴《やつ》なんて、俺と同じく子供の頃《ころ》からこの街で生きてきたご近所さんだけで……

「ごめんなさい加藤さん、彼がこんな見境のない本物の獣《リアル獣》だったなんてちょっとしか予測してなかったわ」

そして、全《すべ》てわかったような言い草でこういう不穏《ふおん》な喩《たと》えを持ち出す人なんて、常に新

しいネタや語彙《ごい》を追求し続けているどっかの毒舌小説家だけで……

そんないろんな攻撃《こうげき》を受けながら、俺の意識はゆっくりと霞《かす》んでいく。主に眠気《ねむけ》で。

ちなみに、倒《たお》れる寸前に視界に捉《とら》えた恵……加藤は、なんか必死で目を閉じていた。

……ほんとお前、つきあい良すぎだろ。

エピローグ

「はい、ハンカチ濡《ぬ》らしてきたよ」

「お、サンキュ」

ノックアウト現場からほどなく近い、坂道の途中《とちゅう》にある公園。

そこで俺は、ベンチに横たわり、加藤《かとう》に介抱《かいほう》されていた。

「あと、コーヒー買ってきたけど飲む？」

「どっちかと言えばレッドブルの方が」

「コンビニは坂下りたところにしかないから我慢《がまん》して」

主に、ラリアートのダメージではなく、睡眠《すいみん》不足の方向で。

「よいしょっと……って、もうちょっとずれてよ、安芸《あき》くん」

「うう、膝《ひざ》がはみ出る」

「そんくらい、いいじゃん」

寝転《ねころ》がる俺を少しだけ押しのけて、加藤が窮屈《きゅうくつ》そうにその横に腰掛《こしか》ける。

ここで『窮屈だから』という理由で膝枕《ひざまくら》なんかしたりするのが本来のギャルゲーイベン

ト構築手順ではあるけれど、もはや正気に戻《もど》った俺と、演技が終わった加藤ではそうなるはずもなく。

そう、加藤の演技は終わった。

俺に、多大な混乱と萌《も》えを残しつつ。

「なぁ、加藤」

「ん～？」

「で、なんであんなことしたんだ？」

「してきたのは倫也《ともや》く……じゃなかった、安芸くんの方だよぅ」

「だから最後のオチじゃなくてそこに至る過程の話だよ！」

……とはいえ、まだちょっと演技を引きずっている加藤は、まだちょっと萌える。

「あれは、わたしが考えたわたしじゃないんだよ」

「そんなことはわかってる。加藤本来のキャラなんてどこにもなかった」

「……いやそうはっきり言われると微妙《びみょう》なんだけど。一応演じたのわたしだし」

最初から変だとわかるくらいに、というか、気づかれること前提で、あの時の加藤は演技全開だった。

さらに、気づかれた上で俺まで引きずり込もうとする、騙《だま》すこととは目的の違《ちが》う演技だった。

そう、プレゼンとか、オーディションとか、そんな類《たぐい》の……

「キャラクターデザインは澤村《さわむら》さん……まぁ、さすがに顔までは変えられないから、服とか髪型《かみがた》しか弄《いじ》ってもらってないけど」

「そのワンピース……」

「うん、あの時のやつをクローゼットから引っ張り出してきた」

「加藤……」

「でもそれだけじゃないよ？　ちゃんと澤村さんがデザイン起こし直してきっちり安芸くんの趣味《しゅみ》に合わせてるんだよ？　コンセプトは『もっとミニに、もっとヒラヒラに、もっと二次元っぽく！』なんだってさ」

「英梨々《えりり》ェ……」

そのオタク向けのあざとさはともかく、こうして間近で今の加藤へのコーディネートを見ると、あいつのキャラクターデザイナーとしての腕《うで》に舌を巻かざるを得ない。

ワンピースのスカート丈《たけ》はさらに短く、あの時は着けてなかった白ニーソまで。

しかも、よく見ると白ニーソには太もものところにレース模様があって、アクセントで黒いリボンまで巻き付けてあり、絶対領域の情報量を圧倒的《あっとう》に強化している。

さすが澤村・スペンサー・英梨々……萌え業界で搾取《さくしゅ》するために生まれてきた女。

「で、脚本《きゃくほん》と演技指導は霞ヶ丘先輩《かすみがおかせんぱい》……なんと現役《げんえき》ラノベ作家の霞詩子《かすみうたこ》だよ？」

「まぁ、そうなるわな」

演劇部でゲスト脚本を書いてたのは知ってたけど、こういう即興劇《そっきょうげき》みたいなのまで書けるんだ、あの人。

「先輩すごいんだよ。会話ごとにいくつも選択肢《せんたくし》が作ってあって、ものすごく分岐《ぶんき》する台本をたった一日で作ってきちゃうんだもん。五〇ページ以上あったよ」

「そう……」

たった一週間で一〇ページ近くの企画書《きかくしょ》を書き上げた俺に何か一言。

「しかもそれを一日で全部覚えろって言うし……間違えたらすっごく怒《おこ》るし」

一度、演劇部の舞台稽古《ぶたいげいこ》を見学したけど……こいつ、あの仕打ちによく耐《た》えたな。

演劇部員ですら三人ほど耐えられなかったというのに。

「でも今日、思ってたよりもっと凄《すご》いことがわかっちゃった……安芸くん、ほとんど先輩の用意した選択肢のどれかに進んでたもん……えっと、最後のアレ以外」

「掌《てのひら》の上かよ、俺……」

作家というか、心理学者としての恐《おそ》ろしさだろそれは……

「そんなわけで、今日のことを企《たくら》んだのはあの二人なんだよ。これから作る作品の体験版みたいなものなんだって。言ってることよくわかんなかったけど」

「た、体験版……？」

つまり、加藤本人が出演した今回の実写版は『※画面は開発中のものです。予告なく仕様が変更《へんこう》することがあります』ということか……

「安芸くんさえ引っかかれば、そこらのオタクなら爆釣《ばくちょう》だろうって」

「あ、そ」

マーケティング的にはそこまで信頼《しんらい》されてるんだな、俺……

「まぁ、そんなわけ。よかったね安芸くん、あの二人がサークルに入ってくれて」

「いや、よかったね、じゃねえだろ……」

「え～、どうして？　今まであんな必死に勧誘《かんゆう》してきたのに」

「だってお前、まだ話してないだろ……ヒロイン加藤恵《めぐみ》が何をしたのか」

「え？　わたし？」

「そうだよ……一体どんな魔法《まほう》使ったら、あの二人がこんなにあっさり仲間に入るどころかいきなり体験版作ったりするんだよ？」

英梨々も詩羽《うたは》先輩も、本気で忙《いそが》しいことはわかってる。

しかも、商業で請《う》けたら数万、数十万円単位のギャラが発生する人種だってこともわかってる。

それなのに、こんなキャラ薄《うす》い加藤がちょっと頼《たの》んだだけでノーギャラで……

いや、この際キャラの濃淡《のうたん》は関係ないけど。

「ん～、よくわかんないけど、なんか適当に頼んだらあっさり協力してくれたよ？」

なにそれ根底にあるのは男女差別？

「ていうか、お前、いつ、どこで、どうやって頼んだんだよ？」

加藤の行動は、昔の推理アドベンチャーギャルゲー風に言えば、どう考えてもアリバイが変だ。いや別に今のサスペンスドラマ風でもいいんだけど。

「北海道行ってただろ？　昨日まで」

「あ、あ～、あれね？」

あれねも何も、家族全員が揃《そろ》う最後の旅行だからって。

だから俺は、加藤がいなくても何も心配いらないって。

「実はね、一応、五日くらい前には話ができてたんだよ」

「五日前って、お前、その時は……え？」

それって、確か俺が一人で頑張《がんば》ることを決意した頃。

つまり……

「電話かけたとき、実はもう羽田《はねだ》だったんだよね」

「……なに？」

そういえば、あの時の電話の後ろの騒《さわ》がしさ……

あんな賑《にぎ》やかな場所、北海道なんかにあるわけないじゃないか。

……いや、さすがにそれは道民に失礼か。

「サイン会の帰りの時さ……安芸くん、なんか行き詰まってたみたいだし」

「あれは……」

詩羽先輩に、俺たちのサークルの問題点を指摘《してき》されたから。

「で、このまま連休に入っちゃったらまずいかなって。役に立たないなりになんか手助けできないかなって」

加藤が本気じゃないことが、一番の問題なんだって……

「で、帰ってみたんだけど、そしたら安芸くん、なんか集中してるみたいだったからさ。じゃあ企画《きかく》の方はまかせて、ちょっと別に動いてみようかなって」

「それで、あの二人に？」

「うん、もう一度頼んでみたんだ。そしたら結局、いきなりこっち側の制作を手伝わされることになっちゃったけど」

「そっか……」

「まぁ、演技以外はほとんど雑用ばっかりだったけど……あ、でも一応、アイデア出しっていうか、安芸くんが好みそうなシチュエーション出しはわたしも協力したんだよ？　ほら、あのワンピースとか、帽子《ぼうし》とか、坂の上とか……」

あの時の『わたしの、どういうところが良かった？』が、そこに活《い》きてきたのか。

確かに俺は、あのシチュエーションで陥落《かんらく》したからなぁ。

けど、だったら、あの二人はいつ……？

「あ、そうそう、実はさっき、わたしの携帯《けいたい》、澤村さんと通話中のままだったんだよ。だからあの会話、あの人たちには全部聞かれちゃってたね……」

「…………」

多分、加藤が二人のもとに現れた時点で、自分たちが危惧《きぐ》していた問題があっさり解決してしまったことを悟《さと》ったんだろう。

「だからあのとき澤村さん……って、安芸くん？」

「え？」

「どしたの？　ぼうっとして。まだ眠《ねむ》い？」

「いや……」

だから、協力する気になった。

本気を出した俺じゃなくて、本気を出そうとした加藤を認めたから。

で、その結果、俺のコンセプト通りのものを、俺のクオリティをはるかに超《こ》えて出してきやがったってことで。

……まぁ、つまり俺の人選に間違いはなかったってことだけど。

「まぁ、なにはともあれ、これでやっと動き出せるね」

「始まったばかりだけどな」

「何よりわたし、未《いま》だに何をやるのかよくわかってないしね」

「何しろ、大まかにしか決めてないしな」

「キャラの中の人って言っても、声優なのか、キャラのモデルなのか……それともモーションキャプチャーでもする？」

「大丈夫《だいじょうぶ》だよ、加藤なら……」

「モーションキャプチャーが？」

「たまには真面目《まじめ》に喋《しゃべ》らせろ」

「そんなこと言ったたって、今までさんざんキャラ薄いとか馬鹿《ばか》にされてた相手に保証されても自信持てないんだけど」

「いや、今回のことでわかったんだ……俺、お前の、お前のさ……」

「え……」

「お前のキャラにバッチリ萌《も》えられるから！」

「……は？」

「お前のキャラグッズなら片っ端《かたっぱし》から集めたいって思ってるから！」

「…………」

「……あの、そこでどうしてグッズに走るの？」

「お前のキャラ抱《だ》き枕《まくら》なら毎日抱いて寝《ね》たいって思ってるから！」

「いや、画面の中よりは立体的だろ？」

「あ～、ま～そうですね～」

お、久々にフラットな加藤だ。

うん、久々に見るとこの加藤も結構いいな。やっぱり安定感が抜群《ばつぐん》だ。

「さて、少しは目も覚めたし、それじゃ学校行くか」

「あ、そうだ安芸くん、これ北海道土産《みやげ》」

と、加藤がカバンから取り出したのは、北海道銘菓《めいか》、マルセイバターサンド。

それも、ちゃんと俺のリクエスト通り、二箱。

「で、実はね、先週の水曜に買ったから賞味期限が今日中なんだ……」

先週の水曜日は、加藤の北海道旅行の、四日も早い最終日。

つまり、賞味期限がギリギリなのが誰《だれ》のせいかってのは……

「さすがに今日中に一人で二箱も食えないな……」

「そ、そうだよね、ごめ……」

「だから加藤、今から学校サボってウチで一緒《いっしょ》に食おうぜ。ダラダラゲームしながら」

「えええええ〜!?　ダメだよそんなの！　それってメタボコースだよぅ！」

「……一番の心配事が太ることなのかよ」

にしても、やっぱ普段《ふだん》は安すぎるよ、こいつ。

※　※　※

「………………」

「……何度も何度も未練がましく振《ふ》り返らないの、澤村さん」

「あの二人、今日ちゃんと登校するのかな？」

「さあ？　何しろさっきも、途中《とちゅう》から完全にシナリオ外れて二人の世界に飛んで行ってたしね」

「……っ」

「そんなに気になるなら協力しなければ良かったじゃない」

「は？　何それ気にしてない……とかそういう問題じゃなくてそもそも関係ないし」

「そうやって肝心《かんじん》なところで意地を張るその性格なんとかしないと、いつか後悔《こうかい》するかもしれないわよ？」

「もうしてるわよ……よりにもよってあの霞ヶ丘詩羽と同じサークルだなんて」

「そういえば、あなたこの前、私の新作の挿絵《さしえ》仕事断ったそうね？」

「そもそも何故《なぜ》あたしに仕事振ってきたのよ？」

「そりゃ、今の時流に乗ってるし、それでいて商業経験ないし、実に狙《ねら》いどころな新進イラストレーターだからよ。人格や相性《あいしょう》はまったく考慮《こうりょ》に入れてないわ」

「っ……そういうところが大嫌《だいきら》いだっていつもいつも言ってるのに」

「ま、それよりも、どうなるのかしらね、このサークル」

「メンバー全員のスケジュールと方針とやる気が合わずに頓挫《とんざ》に一票」

「リーダーがメンバー全員と多角関係を形成して空中分解に一票」

「あたしは関係ないって言ってるでしょ、あんな消費型オタク興味ないし」

「生産型オタクへと変貌《へんぼう》を遂《と》げた彼は眩《まぶ》しかった……」

「だいたいあたし、シャッター前まで行く男でないと興味ないから」

「オタク自体はNGじゃないどころか実はリア充《じゅう》が最初から候補に入ってないところが澤村英梨々という女の子のジレンマよね」

「人のキャラクターに興味持ったりつけ回したりするのやめてよ」

「そうは言っても楽しくて仕方ないんだもの、あなたのそういうところ。加藤さんよりよっぽどわかりやすくって書きやすいし」

「ちょっと、人をモデルにしないでよ！」

「え～、もう次回作のヒロインのライバル役で使っちゃってるんだけどなぁ」

「しかも振られ役⁉　そんなの自分をモデルにすればいいでしょ！　リアル振られ女のくせに！」

「あ、でも、私の作品の場合は誰が主人公とくっつくか私にもわからなくてね……」

「もう話になんない……じゃあね、あたし先に行ってるから！」

「ちょっと澤村さん、駅まで後ろに乗せてってよ」

「嫌《いや》よ脚《あし》が太くなるもの」

あとがき　—冴《さ》えない跡《あと》の濁《にご》しかた—

皆《みな》さん初めまして、丸戸《まると》史明《ふみあき》です。

このたびご縁《えん》があり、ファンタジア文庫さんで書かせて頂《いただ》くことになりました。今後ともよろしくお願いいたします。

さて、少し自己紹介《しょうかい》させていただきますと、僕はこちらの業界的には完全な新人でして、今までの主戦場は、本作『冴えない彼女《ヒロイン》の育てかた』の中でもたびたびネタとして取り上げられる『エロゲー』、すなわち一八歳以上に向けたゲームの方になります。

まぁ、そんなこともあり、今回お仕事させていただく際に、富士見書房《しょぼう》の担当さんの方からはこんな感じのありがたい助言をいただきました。

「丸戸さん、ラノベは今までの仕事とは対象となる年齢《ねんれい》層が違《ちが》いますのでその辺りは気をつけてくださいね」

「ええ、もちろん承知していますとも」

「そうですね、大体、メイン層はあなたが今まで対象にしてきた年齢の半分くらいだと思ってください」

「きゅ、九歳ですか？」

「あんた今まで全然一八歳向けに書いてないじゃないか！」

「え～」

　そのとき、初めて自分が世間に『三〇禁ライター』などとおっさんくさい二つ名で呼ばれていたことを知ったのですが、こうしてわざわざ自分のホームグラウンドを離《はな》れ、覚悟《かくご》を決めてラノベという未知の領域に挑戦《ちょうせん》しようと決意した手前、今さら後に退《ひ》くわけにはいきません。

　というわけで、どうにかして今までよりも若めの、瑞々《みずみず》しい感性に訴《うった》えるような、加齢《かれい》臭《しゅう》を感じさせない、九〇年代ネタとか昭和ネタ控《ひか》えめの作品作りを目指して……三日で挫《ざ》折《せつ》しました。あ、編集さんには『今さらと〇メモはないんじゃないですかねぇ……』などと困惑《こんわく》されたことも追記しなくてはなりません。

　で、結局、自分のできること、できないことを冷静に分析《ぶんせき》し、『時代に左右されない、誰《だれ》がいつ読んでも楽しめる、骨太で普遍《ふへん》的な面白さを追求すればいいじゃないか』などと開き直りこの作品を書き上げたわけですが、じゃあお前のこのお話のどこにそんな高い意識と目線と理想がうかがえるんだよと聞かれるとそれはもう口を閉ざして涙目《なみだ》で俯《うつむ》くぐらいしか僕にはできません。

いや、やっぱとき〇モは今やっても面白いんですよマジで。


というわけで、謝辞を。

深崎暮人《みさきくれひと》さん。どんな奇跡《きせき》か酔狂《すいきょう》か知りませんが、まさかあなたが来てくれるとは思いませんでした。本作を彩《いろど》っていただき本当にありがとうございます。おかげでセールスポイントは全部そっちに丸投げで、こっちは自分の趣味《しゅみ》と実益と苦い実体験に心おきなく走ることができました。一生ついていきます。

編集の萩原《はぎわら》さん。このたびは色々と勉強させていただき本当にありがとうございます。いただいたネーミング用のアイデアメモに『冴えないタイトル案』と書かれていたことが本作の方向性を決定づけることとなりました。その精神はメインタイトルだけでなくこのあとがきにも活かされています。一生ついていきます。

そして、この本を手にとってくださった読者の皆さん……一生ついていきます。

今回の作品に、なにか一つでも楽しめたこと、心に残ったことでもありましたら、また次巻以降もよろしくお願いします。いえ続く保証があるかは知りませんけど。

二〇一二年、初夏　丸戸　史明

応援のお便り、お待ちしています！

〒一〇二―八一七七
ファンタジア文庫編集部　気付
丸戸史明（様）宛
深崎暮人（様）宛

富士見ファンタジア文庫

冴《さ》えない彼女《ヒロイン》の育《そだ》てかた

平成24年7月25日　初版発行
平成27年5月30日　十五版発行

著者――丸戸史明《まるとふみあき》

発行者――三坂泰二
発行所――株式会社KADOKAWA
http://www.kadokawa.co.jp/
〒102-8177
東京都千代田区富士見2-13-3
電話　カスタマーサポート　03(3238)8521
印刷所――旭印刷
製本所――本間製本

ISBN978-4-04-071078-5 C0193

第29回ファンタジア大賞
原稿募集中！
賞金
大賞300万円
最強に面白い作品、
待ってるわよ！
選考委員
第17回受賞
第17回受賞
第20回受賞
葵せきな×石踏一榮×橘公司
「生徒会の一存」「ぼくのゆうしゃ」
「ハイスクールD×D」
「デート・ア・ライブ」
×ファンタジア文庫編集長
締め切り
第29回前期 2015年8月末日
後期 2016年2月末日
「空戦魔導士候補生の教官」
著：諸星悠　イラスト：甘味みきひろ（アクアプラス）
投稿＆速報最新情報
ファンタジア大賞WEBサイト http://www.fantasiataisho.com/
富士見ラノベ文芸大賞も同サイトで募集中